식물
일기

식물
일기

적당히 거리를 둔 만큼 자라는
식물과 아이 키우기

권영경 지음

지금

차례

프롤로그 | 저는 식물하는 엄마입니다 009

Chapter 1

오늘도 수고로운 일을
시작합니다

당신은 이름 대로 살고 있습니까? 019 | 뿌리에 진심인 편입니다 025 | 취미는 식물 034 | 오후 세 시, 창문을 열어요 041 | 저는 애매한 사람이에요 049 | 우리 공기값은 하고 살아요 055 | 버섯이 버젓이 063 | 돌봄에 인색하지 않은 사람 070 | 숫자 3과 삶 081 | 당신은 과습입니다 091 | 제 수명 다 할 때까지 098

Chapter 2

너는 나의 봄이다:
아이와 식물 그리고 나

봄이 왔나 봄 109 | 아이와 연결되는 시간 113 | 산책의 발견: 사계절 낭만수집 119 | 누가 내 얼굴에 색종이를 뿌렸나 124 | 주먹 쥐고 손을 펴서 손뼉 치고 131 | 여행자의 나무 137 | 내 쉴 곳은 작은 집 내 집뿐 146 | 너는 나의 봄이다 154 | 씨앗은 어떻게 기다려야 하는지 안다 161 | 스스로 문을 열고 나온 것은 걱정할 것 없다 167 | 요정을 믿어 보아요 174 | 비밀친구: 그들의 말에 귀 기울여보아요 182

Chapter 3

꽃은 지지만
다시 필 것이다

잡초라고 누가 그러던가요? 191 | 지렁이 선생님은 위대하다 201 | 시선이 머무는 곳엔 항상 빛이 있다 208 | 꽃은 지지만 다시 필 것이다 214 | 식물의 경고 221 | 경험값은 식물로 드립니다 225 | 말의 지우개 229 | 말의 기운 236 | 흡연 대신 흡입을 해요 243 | 당신은 자연에 들른 손님입니다 249 | 다시 처음으로 258

Chapter 4

나무가 숲이 되는 것처럼:
느리지만 완벽하게

엄마라는 이름의 꽃 265 | 나의 이름을 되찾다 274 | 식물생활의 길
281 | 좀 가벼워지세요 287 | 배려와 공생의 법칙 293 | 뜨거운 책임
감에 관하여 299 | 이름처럼 살고 있습니까? 306 | 안전 거리를 유지
하세요 313 | 오래오래 간직하고 싶어서 319 | 지금 우리의 나이테는
촘촘하다 325

에필로그 | 거리두기가 살린 우리의 단단한 삶 333
편집자 노트 337

저는 식물하는 엄마입니다

내일 아침 아이가 먹을 연유머핀 반죽을 틀에 부어 오븐에 넣고 주방 한 켠 작은 아일랜드 탁자 앞에 앉는다. 요즘 나는 이곳에서 하루 세 끼의 식사를 준비하고 한 번(또는 두 번)의 간식을 만들고 있다. 아이는 반년 넘게 온라인 수업 중이고 남편은 일주일 두 번 재택근무를 한다. 저녁 식사를 마친 후 그가 아이를 씻기고 재우는 동안 나는 다시 주방에 들어와 설거지와 뒷정리를 한다. 그리고 내일 먹을 빵을 굽는다. 코로나 시대가 나에게 선사한 또 하나의 루틴이다.

　　인도네시아의 코로나 사망자는 1만 명이 넘었고 이 수치는 아시아에서 인도 다음으로 높다는 기사를 오늘 아침 신문에서 읽었다.(2020년 9월 기준) 하루 4,500명 이상의 확진자가 나오고 그중 내가 살고 있는 자카르타에서만 천 명이 넘는다. 그건 아마도 아시아에서 가장 취약한 의료시설때문일 것이다. 그때문에 벌써 몇 번의 PSBB(대규모 사회적 거리두기- 슈퍼와 생필품을 파는 가게를 제외한 모든 상점, 식당이 문을 닫고 공기업을 제외한 대부분의 회사가 재택근무를 시행하는 것)를 겪고 있다. 우리는 마트에 가는 일을 제외하곤 외출을 거의 하지 않는다. 2주에 한번 온갖 무장을 하고 비장함과 설렘 그 어디쯤의 마음으로 집을 나선다. 그리고 최소 2주 동안 먹을 양의 과일과 야채, 고기를 사고 마트 구석에서 작은 포트에 담긴 식물도 두어 개 담아 온다. 그렇게 나는 가족들을 위한 산소호흡기를 빼먹지 않고 집 구석구석 부지런히 달고 있다.

백 년 뒤 누군가 2020년을 돌아봤을 때 이 시대를 어떻게 바라볼지 생각해 본다. 이 글은 어쩌면, 식물에 관한 에세이가 아닐지도 모르겠다. 80년 전 책장 뒤 비밀의 방 구석에서 열 세 살 안네 프랑크가 하루하루를 버티며 써내려 간 일기마냥 평범하게 아이를 키우며 사는 한 주부가 한국도 아닌 인도네시아라는 나라에서 코로나 시대를 어떻게 이겨내고 살아냈는지에 대한 기록쯤으로 읽어 봐 주길 바란다. 한 명 정도는 이 역병의 시대를 살아간 '엄마'의 일상을 남겨 두는 것도 좋지 않을까 해서 말이다.

　　4년 전 처음으로 인도네시아라는 나라에 왔다. 이 나라에 대해 아는 것이라곤 고작해야 세계적인 휴양지 발리Bali와 불교 유적지 보로부두르Borobudur(인도네시아 자바섬 중부 족자카르타에 위치한 불교 사원)가 전부였다. 그런 내가 마흔을 코 앞에 두고 자카르타도 아닌 자바 섬 작은 소도시에서 제 2의 인생을 살게 될 줄은 꿈에도 몰랐다. 아는 사람 하나 없는 그곳엔 태어난 지 200일 갓 넘은 아이와 남편 퇴근 시간만을 목 빠지도록 기다리는 육아에 찌든 서른 후반의 한 여자가 있었다. 출산 후 6개월 정도가 지난 시기의 모든 엄마들이 그렇겠지만 우울했고, 무기력했다.

저는 식물하는 엄마입니다

무료함을 달래기 위해 일주일에 한번 가족사진을 찍었다. 아무 일도 일어나지 않는 날들, 그 누구도 만나지 않던 시간들을 그저 흘러 가도록 보고만 있을 수 없어 시작한 일이었다. 비록 매주 같은 배경 앞, 특별할 것 없는 표정이었지만 사진을 찍는 행위가 우울의 구렁텅이에 빠질 뻔한 수많은 순간들에서 나를 건져내 주었다. 그렇게 그곳에서 살던 3년의 시간 동안 146장의 가족사진이 남았고 아이의 성장과 우리 부부의 시간도 사진 속에 고스란히 담겼다.

　　'같은 일을 꾸준히 반복하는 일'은 수련하는 마음과도 같아서 자꾸 흩어지려는 마음을 한 곳으로 모아준다. 그리고 그렇게 하나로 모아지는 마음(일심一心)이 나와 가족을 더욱 단단하게 만들었다.

　　SF영화 제목 같던 '2020_이공이공'의 해가 시작되고 거짓말처럼 COVID-19라는 전염병이 전 세계를 뒤덮었다. 어느 한 나라도 예외란 없었다. 이 혼란의 시대에 우리 가족은 인도네시아에 온 지 3년 만에 지방 도시에서 자카르타라는 대도시로 이사를 했다. 아파트는 입주자 외 출입이 불가했고 외출 또한 자유롭지 못했다. 그나마 지방 도시에서 매일 했던 산책도 더 이상 하지 못한다. 인도네시아에 처음 도착해 느꼈던 우울함과 무기력함이 다시금 몰려 왔다. 그래서 지금 나는 매주 가족

사진을 찍던 것과 비슷한 이유로, 식물일기를 쓰며 흩어지려는 마음을 다시 하나로 모아본다.

지금은 비록 엄마로 살고 있지만 엄마 이전의 나는 아이들의 숲속 놀이터를 디자인하는 조경가이자 실내조경 기사였다. 우리가 살아가는 공간에서 삶의 가치를 찾으려 애쓰던 꿈 많은 공상가이기도 했다. 지방 도시에선 문만 열면 볼 수 있었던 초록 나무들을 이 거대한 도시에선 쉽게 볼 수 없어(아파트를 나서면 바로 큰 도로이고 인도네시아는 도보가 잘 갖추어 지지 않은 곳이 많다) 식물들을 집에 들이기 시작했다. 마음에 드는 식물과 포트를 온라인으로 주문해 매주 한 번 아이와 나란히 앉아 식물을 심는다. 그렇게 흙을 만지고 식물을 바라보고 각자의 얼굴에 맞는 이름을 지어 준다.

뿌리를 덮은 흙을 탁탁 다지며 그들에게 필요한 것들을 챙기고 가까이 다가가 생김새를 구석구석 살피며 이 답답한 하루하루를 버티고 있다. 반복되는 하루의 끝에서 돌아보면 결국 식물을 보살피는 행위가 나를 보살피는 일임을 깨닫는다. 모두에게 드리워진 이 어두운 구름이 거짓말처럼 사라졌을 때 식물 하나하나를 포장해 사랑하는 사람들에게 나누어 주고 싶다. 우리에게 큰 위로가 되었던 이 식물 친구들이 그간 지쳤던 그들의 가슴도 어루만져 줄 수 있기를 바라며. 그리고 이 책이 그들에게 식물생활의 친절한 안내서가 되어 주었으면 좋겠다.

주방에
스킨답서스_{scindapsus}를 두세요

실내 관엽식물 중에서 이산화탄소 제거 능력이 가장 우수하다는 스킨답서스야말로 주방에 최적화된 식물이 아닐까 싶습니다. 어두운 곳에서도 잘 자라고 길이가 약 40미터까지 자라는 덩굴성 식물이기 때문에 공간을 꽤 멋지게 꾸밀 수도 있죠. 무늬 색도 여러 가지가 있으니 다양한 색들을 기호에 맞게 선택하세요.

저희 집 주방에는 라임 스킨답서스가 자라고 있습니다. 이름 그대로 라임색이 아주 예뻐요. 대신 독성이 있어서 어린 아이들이나 반려 동물들이 절대 먹지 않도록 주의해야 합니다. 그러나 병충해에 매우 강한 식물인데다 번식도 잘 되고(흙에서도, 물에서도 잘 자라요) 키우기도 쉬우니 스스로 식물 똥손(!)이라고 생각하시는 분들이라면 꼭 한 번 도전해 보세요.

자기 전 아이가 뜬금없는 질문을 했다. "엄마 나는 여자니까 어른이 되어도 회사엔 안 가죠?" 갑자기 그런 질문을 하는 이유가 궁금해서 이유를 묻는다. 아이는 "엄마는 집에서 요리를 하고 아빠는 회사에 가니까요" 라는 대답을 받았다. 엄마가 되고, 내 일을 하지 못한다고, 그 선택을 후회하거나 억울하다 생각해 본 적은 한번도 없었다. 다만 아이에게 지금의 내 모습이 여자와 남자의 직업에 대한 고정관념을 만들어 주는 건 아닐까 싶어 오늘밤은 왠지 조금 씁쓸하고 서글프다.

저 창문 가득 라임 스킨답서스가 아치형의 정원을 만드는 날 아이에게 이렇게 말해 주고 싶다.

"엄마의 회사는 집이고,
엄마가 하는 일은 집
구석구석,
그리고 우리 아가 마음 속에
세상에서 가장 푸르른 라임 정원을 만드는 일이란다."

저는 식물하는 엄마입니다

Chapter 1

오늘도
수고로운 일을
시작합니다

당신은 이름 대로
살고 있습니까?

'아, 나도 엄마구나' 하는 순간들이 있다. 배추를 절이는 순간(내가 해외에 살지 않았거나, 코로나가 없었다면 쭉 몰랐을 일이다), 카스테라를 굽는 순간, 껍질이 씹히지 않는 주스를 만들기 위해 토마토 엉덩이에 칼집을 내고 뜨거운 물에 잠깐 넣었다 빼는 순간, 그리고 포도잼을 만드는 순간이 그러하다.

전업 주부였던 우리 엄마는 늘 주방에 서(!) 계셨고 그래서 학창 시절의 나는 엄마의 앞모습 보다 뒷모습을 더 많이 보고 자랐다. 엄마가 방금 만들어 낸 따끈한 딸기잼을 하얀 식빵에 바르며 봄이 왔음을 알았고, 냉장고 칸칸이 가득 들어찬 포도 원액들과 포도잼을 보며 가을이 왔음을 알았다.

오늘도 수고로운 일을 시작합니다

가끔 포도를 끓이던 달큰한 냄새가 바람에 스치운다. 한여름이 조금 지나 선선했던 그날도 그랬다. 학교에서 돌아와 현관문을 열었더니 온 집안이 포도향으로 가득 차 있었다. 나는 가방을 멘 채 그대로 식탁으로 쪼르륵 달려갔다. 엄마는 팔팔 끓던 냄비 안에서 찐한 보라색 액체를 컵에 조심스럽게 눕혀 따르고 얼음 두 알 동동 띄워 식탁 앞에 앉은 나에게 건네셨다. 나는 컵에 반쯤 채워진 그 미지근한 100% 포도 원액을 최대한 아껴 목구멍으로 꼴깍꼴깍 넘겼다. 탁! 빈 컵을 식탁에 내려 놓고 화장실로 달려갔다. 커다란 거울 속엔 보라색 포도주스 수염을 입에 그리고 활짝 웃는 내가 있었다.

그 검붉은 포도즙은 커다랗고 오돌토돌한 훼미리주스병 안에 담겨 냉장고 안에 한참을 있었다. 얼마나 진하고 맛있었는지! 다 커서도 그 맛이 생각나 이런저런 포도주스를 사서 마셔보았지만 도무지 같은 맛을 찾을 수가 없었다.

엄마는 주방에 있는 것이 너무 당연한 사람이었고, 포도잼이 냉장고 안에 있는 것도 너무 당연해 그 잼 한 숟갈에 얼마나 많은 '수고스러움'이 들어 있는지 한참 커서도 전혀 알지 못했다. 보글보글 끓는 포도 위로 둥둥 떠오르는 거품과 불순물을 수없이 숟가락으로 떠내어 버리는 일, 바닥에 누를까 그 자리에 서서 수시로 휘휘 저어주는 일, 캠벨 포도 안에 박힌 그 작은 씨앗들을 하나하나 다 발라내야 했던 일 등 오늘 냉장고 속 처치 불가인 포도를 잼으로 만들며 나는 또 바람 불던 어느 가을 오후, 주방에 늘 서 있기만 했던 그날의 엄마를 만난다.

가끔 식물들에게
특식(빗물)을 주세요

빗물의 핵심은 바로 질소 성분입니다. 식물의 성장에 꼭 필요한 요소죠.

비료의 3대 요소가 질소, 인산, 칼륨인데 이는 식물의 성장을 위해 꼭 필요한 성분입니다.

식물이 비를 바로 맞게 하는 것이 좋습니다. 비와 바람이 해충이나 먼지들을 씻겨주고 식물들은 최적의 조건으로 물을 흡수할 수 있죠. 그러나 인위적으로 물을 줄 때 급하게 몇 초 동안 많은 물을 공급하게 됩니다. 주변 환경은 물을 전혀 머금고 있지 않은데 식물이 심긴 화분에만 물을 강제로 먹이는 꼴이죠. 그러나 비가 올 땐 어떤가 생각해 보세요. 몇 시간에 걸쳐 천천히 물을 공급 받습니다. 주변 환경도 습도가 100%가 되어 식물의 입장에서 보면 안심하고 물을 받아 들이게 되는 거죠. 심하게 가물고 딱딱했던 땅이 몇 시간 내린 비에 부드럽게 변하는 것처럼요. 인간은 절대 자연을 따라갈 수 없습니다. 그래도 이런 원리를 알았으니 집안의 식물들에게 물을 줄 땐 비 내리듯이! 조금 천천히! 물 조리개를 이용해서 주는 게 더 좋겠죠?

내가 하지 않으면 안 되는 일들이 있다. 예를 들면 냉동실 얼음을 틀에서 꺼내어 통에 옮겨 담고 다시 물을 채워 넣어 두는 일이나 얼룩진 식탁보를 새 것으로 갈아 두는 일 같은 것들. 설거지, 청소기 돌리기 같은 일은 남편과 번갈아 할 수 있지만 내가 챙기지 않으면 아무도 하지 않는 일들 가운데엔 식물들을 위한 것도 있다. 바로 물을 받아 두는 일이다. 우리 집 욕실 한 구석엔 늘 페트병에 가득 채워진 물이 쪼로록 놓여 있다. 다음 날 식물들에게 필요한 물이다.

우리가 식물들에게 주는 물은 보통 수돗물이다. 수돗물이든 뭐든 물이면 다 좋지만 그래도 이왕 키우는 식물들에게 조금 더 나은 물을 주고 싶다면 수돗물을 받아 하루 정도 두었다

주는 '수고스러움'을 자처해 보자. 하루 정도 받아 둔 물은 염소 성분이 날아가고 온도가 실온에 맞춰지기 때문에 그냥 주는 물보다 조금 더 좋다. 사람도 상온의 물을 마시는 게 몸에 좋듯 식물도 그러하다. 너무 뜨겁거나 너무 차가운 물은 좋지 않다. 물론 그 효과가 성장에 있어 극적인 차이를 보이는 건 아니겠지만 이런 작은 '수고스러움'이 모여 당신을 보다 따뜻한 그린핑거, 식물러로 만들어 줄 것이다. 틀림없다!

조금 더 수고로움을 자처할 수 있다면 하루 이틀 받아 놓은 수돗물 보다 더 좋은 물이 있다. 바로 빗물이다. 빗물은 약산성에 질소를 많이 포함하고 있어 식물들에겐 보약과도 같다. 게다가 식물 포화도가 높아 쉽게 과습이 오지 않는다. 장마철 밖에서 자라는 식물들이 과습에도 죽지 않는 이유를 생각하면 쉽게 이해가 될 것이다. 식물들은 저마다 좋아하는 PH가 있다. 빗물은 보통 약산성을 띈다. 집에서 키우는 몇 개 안 되는 식물들의 취향을 찾아 보는 것은 어떨까? 산성을 좋아하는지 약산성을 좋아하는지 물 취향 정도만 알아도 반려식물을 좀 더 잘 이해하게 될 테니 말이다.

분갈이를 했는데 마침 비가 온다면 식물을 밖에 내놓고 빗물 샤워를 시켜주자. 빗물 속의 질소 성분은 식물의 몸을 구성

오늘도 수고로운 일을 시작합니다

하며 자라게 하는 데 도움을 주는 핵심 요소이기 때문에 뿌리 활착에도 도움이 된다. 특히 번개 칠 때 내리는 비에는 흡수가 잘되는 질소가 좀 더 많이 포함하고 있다 하니 번개가 친다 싶으면 양동이를 들고 빗물을 받으러 나가자!

'수고스러운' 일 뒤에는 누군가의 배려와 정성스런 마음이 있다. 냉장고 오른쪽 문 아래서 두 번째 칸 늘 있었던 엄마의 포도잼처럼 말이다.

그날의 엄마처럼, 잼을 만들며 생긴 포도주스에 얼음을 가득 넣어 한 컵 마시고 아이에게도 한 컵 내어준다. 엄마가 만드는 건 전부 맛있다며 엄지 손가락을 높이 들어 주는 내 아이를 보며 이런 생각을 했다. 그 시절 나로 돌아가 식탁에 앉아 포도잼을 휘휘 젓고 있는 엄마의 뒷모습을 향해 지금의 내 아이처럼 똑같이 말해 드렸다면 좋았겠다고. 그랬다면 나는, '오늘의 나' 처럼 동그랗게 웃으며 날 쳐다보는 '우리 엄마' 얼굴을 볼 수 있었을지도 모른다. 아니, 어쩌면 그날도 꼴깍꼴깍 포도즙을 마시는 나를 향해 이미 동그랗게 웃고 계셨을지도 모르지.

식물 키우기를 꺼려하는 사람들의 가장 큰 이유는 아마도 해충이나 지렁이가 화분에서 기어 나올지 모른다는 생각 때문일 것이다. 그러나 깨끗한 흙(인공 흙)을 채워주면 그런 일은 별로 없다. 또는 공간이 부족하거나 물을 정기적으로 챙겨 줄 수 없는 사정이 있을 수도 있다. 그렇다면 선물 받은 꽃다발을 물에 담가두듯 툭 꽂아 놓기만 해도 잘 자라는 식물도 있다는 사실에 주목해보자. 거의 대부분의 식물은 물속에서도 잘 자란다. 특히 아이비, 스킨답서스 같은 덩굴성 식물들은 별 관리 없이도 물만 잘 갈아 주는 것만으로 새 잎을 부지런히 내어준다.

테이블야자, 아레카야자, 몬스테라, 극락조 같이 덩치가 큰 식물들 역시 물속에서 큰 문제없이 잘 산다. 그밖에도 호야,

오늘도 수고로운 일을 시작합니다

싱고니움, 스파티필름, 알로카시아, 행운목, 홍콩야자 등 생각보다 많은 식물들이 수경재배가 가능하다. 요즘은 어항 속에 꽂아 키우는 경우도 있다. 식물은 물고기들의 배설물을 영양분으로 취하고 그렇게 정화된 물을 물고기가 다시 먹는다. 제3자(사람)의 관리가 필요 없다. 일석 삼조의 식물생활을 할 수 있다는 점에서 꽤 경제적인 조합이기도 하다. 어항과의 콜라보든 물가꾸기든 집 안에 식물을 두는 것은 상상 이상의 효과가 있다. 선반 위 작은 컵 안에서 뿜어져 나오는 귀여운 초록 잎사귀를 보는 것만으로도 충분히 마음의 평화가 찾아오기 때문이다.

그럼에도 불구하고, 나는 식물은 흙과 있을 때 '식물답게'

물과 유리잔, 식물만 있으면 가능한
식물생활: 물가꾸기(수경재배)

수경재배는 말 그대로 토양 없이 물에서 식물을 키우는 방법입니다. 물속에서만 자라도 시들지 않고 잘 자랄까 의문이 들기도 하는데 식물들은 물 안에서 효율적으로 필요한 양분을 선택적으로 흡수하며 성장합니다. 게다가 수경재배인 경우 토양에서 키우는 것보다 벌레가 덜 발생하죠. 숨어 살면서 번식할 흙이 없기 때문입니다. 게다가 뿌리의 성장 상태를 눈으로 직접 관찰할 수도 있습니다. 이것이 물가꾸기의 가장 큰 매력이기도 하죠. 수경재배가 가능한 식물들은 대부분 수염뿌리로 되어 있습니다. 연꽃만 물속에서 자라는 줄 알았다면 히야신스 같은 구근식물도 수경제배로 꽃까지 피운다는 사실에 놀라 자빠질 수도 있겠군요!(구근은 밑동이 아주 살짝 잠길 정도만 물을 채워 키웁니다)

1 | 화기를 준비해 주세요(어항, 유리잔, 유리컵, 생수병 등 밑이
    뚫려 있지 않은 용기)

뿌리가 자라는 것을 관찰하기 위해선 투명한 용기가 좋지만 녹조가 생길 수 있어 갈색병처럼 불투명한 용기를 사용하기도 합니다.

오늘도 수고로운 일을 시작합니다

2 | 식물을 고정할 수 있는 돌을 준비해 주세요(선택사항)

수경재배 전용돌로 세라믹 볼이나 맥반석이 있습니다. 식물을 고정하는 것 말고도 수질 정화가 가능합니다. 하이드로볼 일명 '황토볼'이라고 하는 것을 사용하기도 하죠. 황토볼은 유약을 바르기 전 토분과 비슷한 성질을 갖고 있어 약간의 무기질을 보충해줄 수도 있고 뿌리를 가려 주기 때문에 햇빛 때문에 생기는 녹조를 줄일 수도 있습니다.

3 | 흙을 제거할 때 뿌리를 상하지 않도록 주의하세요

기존 흙에 심겨 있던 식물의 뿌리를 흙으로부터 말끔히 털어내 주는 것이 중요합니다. 이 과정에서 뿌리가 다칠 수 있기 때문에 흙을 억지로 떼어 내기보다 여러 차례 물을 갈아 주면서 자연스럽게 떨어져 나가게 해 주는 것이 좋습니다. 뿌리가 깨끗하지 않으면 남아 있던 유기물들이 썩어 물도 썩게 만듭니다. 그러니 초기에는 물을 자주 갈아 주세요. 그리고 처음 사용하는 물은 되도록이면 하루 정도 받아둔 물을 사용하는 것이 좋습니다.

4 | 환기를 잊지 말고 영양분을 챙겨 주세요

수경재배도 햇빛과 바람이 중요합니다. 통풍이 안되면 곰팡이가 생길 수 있고 강한 햇빛에 녹조가 생기면 식물이 흡수해야 하는 산소를 그들이 빼앗아 가기 때문에 물과 닿아 있는 줄기가 물러 썩어 버리기도 합니다. 그땐 무른 부분을 제거하고 그늘에 두면서 물을 자주 갈아 주며 상태를 봐 주세요. 물가꾸기 식물들에겐 한번 걸러진 햇살이 좋습니다.

물속에서만 자라는 식물은 영양을 공급받기 부족할 수 있습니다. 액상 비료나 수경재배용 비료를 사용하는 것도 좋은 방법입니다. 처음부터 사용하지 말고 식물이 잘 자라지 않고 성장이 멈춰 있다 싶은 생각이 들 때 사용합니다.

식물들이 조금 적응이 되었다 싶으면 그때부턴 매일 물을 갈아 주지 않아도 됩니다(물이 너무 흐릿하거나 냄새가 날 때가 아니면요). 맥반석, 황토볼 등 수질 정화가 가능한 돌을 사용한 경우 물이 줄어들면 그때마다 모자란 양만큼 보충해 주면서 키웁니다.

자란다고 생각한다. 같은 종류의 식물을 더 늘리고 싶을 때나 원하는 수형을 만들기 위해 자른 가지가 생길 때 위주로 물꽂이를 한다. 뿌리가 뾱!뾱! 하고 나올 때까지의 그 기다림의 시간은 식물 생활의 또 다른 즐거움이다.

뿌리를 내리기 위한 물꽂이용 식물들은 일부러 주방 창가

오늘도 수고로운 일을 시작합니다

에 놓아 두는 편이다. 주방은 하루 중 내가 가장 자주, 오랫동안 머무는 공간이기 때문이다. 설거지를 하는 동안 그것들을 온전히 관찰할 수 있어 좋다. 뿌리가 한 가닥 나왔다 싶으면 특히나 더 주의를 기울여 매 순간 관찰해야 한다. 그렇지 않으면 순식간에 쑥 자라나, 그 귀엽고 앙증맞은 하얀 뽁뽁이들을 놓쳐버리기 일쑤다.

뿌리가 나오는 것은 새 잎이 나오는 것과는 또 다른 재미가 있다. 그들에게 소리가 있다면 아마 기름기 가득 낀 접시를 뽀도독 씻어낼 때 나는 딱! 그 소리일 거다. 어쨌든, 새 뿌리가 나오기 시작하면 그 다음부턴 좌우 대칭, 사방으로 사정없이 나오기 때문에 2~3일 건너뛰었다간 이 멋진 장면을 놓쳐 버릴 수도 있다. 투명한 유리병 안에 내려오는 뿌리들을 보고 있으면 "아! 나도 열심히 살아야지. 지치지 말아야지" 하는 생각이 절로 난다. 알고 있어도 자꾸 잊게 되는 다짐들을 그 뽀얗고 귀여운 뿌리들이 대신 환기시켜주는 듯하다.

뿌리가 제법 자라 유리병이 가득 차 더 이상 뿌리 한 가닥씩 나오는 재미를 볼 수 없게 되면 그땐 어울리는 화분을 골라 영양 가득하고 깨끗한 흙으로 옮겨 심는다. 이 과정이 좋다. 건강하고 신성한 의식처럼 느껴진다. 물에서 티끌 하나 없이 깨끗하게 자라나던 뿌리는 이제 흙이 묻어 거뭇해진다. 그들은 그 안에서 수없이 많은 미생물들의 맛을 보게 될 것이다. 뿌리는 물을 떠나 흙을 만나 어떤 마음일까? 깨끗하게 샤워를 하고 나와 이불 속에 포옥 들어간 안락한 느낌일 수도 있을 테고 작은 어항에서 살다 큰 바다로 여행 간 물고기가 갖는 두려운 마음일 수도 있겠지? 이제 그들은 흙 구석구석을 탐험하며 사방으로 부지런히 잔뿌리들을 뻗을 것이고 물속에서 느끼지 못했던 즐거움도 맛보게 될 것이다. 심지어 뿌리파리들의 원치 않는 공격도 당하게 될 것이다.

옮겨진 식물들은 더 이상 뿌리가 자라는 것을 눈으로는 볼 수 없다. 하지만 새로 나는 어린 잎들을 보며, 훌쩍 자라는 키를 보며 그들의 안녕을 미루어 짐작해 볼 수 있다. 보이지 않아도 볼 수 있는 경지에 닿은 것이다.

나는 식물의 뿌리를 통해 아이의 다음 성장을 위한 '마음가짐' 연습한다. 비록 지금은 투명한 유리병 안에서 뿌리 내리는 것 하나하나 두 눈으로 확인할 수 있지만 머잖아 흙으로 옮겨 주어야 한다는 것과 더 이상 아이의 잔털 하나까지 확인할 수 없다는 것을 잘 알고 있다.

흙으로 옮기지 않고 쭉 물속에서 키울 수도 있을 것이다.

빛과 물만으로도 여전히 그들은 잘 자라 줄테니. 하지만 모든 식물이 그러하듯 그들은 더 넓고 깊게 뿌리 내릴 흙이 필요하다. 더 단단히 자라 스스로 몸을 지탱하며 살 수 있도록 그들을 땅으로 보내주어야 한다.

더 이상 뽀얗고 귀여운 잔뿌리를 볼 수 없다고 슬퍼할 필요는 없다. 다음 분갈이 때 다시 만날 수 있으니. 서로 휘휘, 칭칭 감아대며 자라나고 있을 건강한 뿌리들을 상상하며 나는 또 물을 주고 환기를 시키고 잎들이 한쪽으로만 치우치지 않도록 화분을 이리저리 돌려줄 것이다.

▲ 황토볼로 고정시킨 스킨답서스

◀ 떡갈잎 고무나무의 어린 뿌리

▶ 필로덴드론 브라질의 어린 뿌리

취미는 식물

'취미는 사랑'이라는 노래가 있다. '사람과 사람 사이의 흐르는 온기를 느끼는 것이 가장 소중하다면서 물을 준 화분처럼 웃어 보이네' 라는 가사가 마음에 든다. 물을 준 화분처럼 웃어 보인다니! 분명 이 노래의 작사가는 화분에 물 꽤나 줘 본 사람일 것이다.

어떻게 웃는 건지 너무 잘 알 것 같아서 노래를 들을 때마다 어디 물 줄 화분 없나…하고 주변을 두리번거리게 된다. 비단 사람과 사람 사이에만 온기가 흐르는 것은 아니다. 사람과 동물, 사람과 식물 심지어 사람과 사물 사이, 관계를 맺는 모든 것들 사이엔 온기, 정情이 생긴다.

얼마 전 주둥이가 얇고 긴 워터링 캔watering can(조리개)을 하나 구입했다. 100% 핸드메이드 제품으로 인도네시아 산 구리로 만든 지니의 요술램프처럼 생긴 귀여운 조리개다. 크기가 다소 작아 보이지만 가득 채우면 1리터가 넘는 물이 들어간다. 매번 몇천 원짜리 플라스틱 제품을 사용하다 문득 좋은 물 조리개 하나쯤 가져도 괜찮지 않을까 싶어서 충동적으로 사버리고 말았다.

식물을 키우다 보면 처음엔 식물 종류에 관심이 집중된다. 그러다 좋은 화분이 갖고 싶고, 점점 다양한 원예용품들에 눈이 간다. 가령, 그립감이 좋은 삽이나 빈티지 느낌의 토분 같은 것들 말이다. 그리고 그것들이 식물 생활에 활력을 더해 준다.

취미 생활도 어느 정도 하다 보면 싫증이 나기 마련이다. 취미 생활에 살짝 권태기가 왔다면 이를 다시 끓어 올리는 데 새로운 아이템 만한 것도 없다. 3만 원 넘게 주고 산 백퍼센트(강조!) 구리 워터링 캔이 5천 원짜리 파랑색 플라스틱 조리개와 비교해 기능적으로 확연히 뛰어나다 할 수는 없겠지만 그래도 뭐 어때? 쓸 때마다 내가 좋으면 그만이다.

섬세한 짜임, 화려한 마감, 매끈한 주둥이! 편안한 그립감.

오늘도 수고로운 일을 시작합니다

완벽하다!

누군가 지나가다 내 손에 쥐어진 이 구리 물 조리개를 본다면 아마도 근사하다 생각할 게 틀림없다. 현실은 베란다에 덩그러니 서 있는 나뿐이지만. (실제로 이 조리개 사진을 보고 커피 내릴 때 쓰는 주전자 아니냐고 엄청 비싸 보인다고 물어본 사람들이 꽤 있었다. 흐흐 기분 좋다)

물 줄 땐
조리개 사용하시나요?

🌱

태초의 식물들이 하늘로부터 물을 어떻게 제공받았는지 생각해 봅시다. 바로 빗물이죠! 그렇다면 비가 어떻게 내리는지도 한번 생각해 볼까요? 긴 호스로 또는 바가지로 한꺼번에 콸콸콸. 아니죠? 얇은 물 줄기로 솨아~ 바로 그겁니다. 집안의 식물들에게 물을 줄 때 최대한 빗물의 형태를 맞춰 주고 있습니다. 물론 바쁜 현대사회에서 하나하나 어떻게 그렇게 주냐고 할 수도 있겠지만 식물을 키우는 순간의 절반이 물주기에 있다는 것을 알고 있다면 분명 생각이 달라질 거예요. '물을 주는 시간'도 식물 키우기에 포함된 답니다.

이건 저만의 물주기 팁인데요. 물을 주고 물이 잘 빠질 수 있게 잠시 화분을 들어 요리조리 기울여 주세요. 막 튀겨 나온 튀김도 기름을 좀 탁탁 털어내줘야 더 바삭하고 맛있잖아요. 식물도 그래요. 이곳 저곳 물길이 닿아 더 바삭바삭 예쁜 잎이 자라난답니다. (순전히 물을 주는 제 기분 탓일지도 모르지만요)

비교적 크기가 작은 식물을 포슬포슬한 새 흙으로 옮겨 심은 뒤 조리개로 물을 줘 본 사람들은 이미 알고 있다. 잘 마른 흙 위에 주둥이 얇은 조리개로 물을 주는 일이 마치 핸드드립으로 커피를 내리는 것과 비슷하다는 걸 말이다. 물이 닿은 흙은 잠시 빵처럼 위로 부풀어 올랐다 가라앉는다. 물이 흡수되면서 흙 사이사이로 뽁뽁 작은 구멍을 만들어 내는 것도, 물이 스며들며 은은하게 뿜어 나오는 흙 향도 커피를 내리는 과정과 흡사하다. 어디 그뿐인가? 맑은 물이 흙을 만나 갈색 물이 되어 화분 구멍으로 쪼로록 흘러 내린다. 어쩜! 이거 딱 드립커피네 드립커피! 기분이 좋아지는 식물 물주기 핸드드립 시간이 끝났다. 이제 햇살 아래서 나의 싱그러운 식물들을 눈으로 천천히 마셔야겠다.

오늘도 수고로운 일을 시작합니다

작은 행복들이 모이면 오늘의 기분이 달라지고 오늘의 좋은 기분은 곧 내일의 인생을 변화시킨다. 사실 행복이 그리 먼 곳에 있지 않다는 사실을 우린 이미 모두 알고 있으니까. 오랜만에 드립 커피가 마시고 싶어 뜨겁게 물을 끓이고 거칠게 갈린 원두가루 위로 물을 휘휘 부었다. 쪼로록 내려지는 커피 향을 맡으니 행복하다. 계란을 묻힌 식빵을 버터에 치익 굽고 딸기잼과 땅콩버터를 발라 주었더니 아이가 엄지 손가락을 치켜 올린다. 행복하다.

새로 장만한 멋스런 물 조리개로 식물들에게 천천히 물을 주고 있는데 등이 따뜻해진다. 행복하다. 굽힌 허리를 잠깐 베란다 창 틀에 기대어 쉬고 있는데 라디오에서 좋아하는 음악이 흘러 나온다. 좀 더 잘 듣고 싶어 눈을 감았다. 아이가 다가와 내 눈에 입을 맞춘다. "엄마 나 좀 봐요!"

아! 행복하고 행복하다. 주방 창으로 연한 보라색과 진한 핑크색이 오묘하게 섞인 오후 마블링 해넘이가 보인다. 이 순간 그 아름다움을 마주 하고 있어 행복하고 이렇게 작고 소소한 일상을 기록할 수 있어 또 행복하다.

행복의 문턱 값을 낮추면 행복해지는 횟수는 배로 늘어난다. 나를 행복하게 하는 것들을 기억했다가 수시로 그 횟수를 늘려 보는 것이 어떨까? 즐겁게 살기 위해 하는 취미 생활처럼 말이다.

이제부터 나는 작은 것들에 느껴지는 소소한 감정들을 수집해 보려 한다. 쉽게 감동하고 작은 일에 기꺼이 행복해 하는 삶의 태도가 코로나로 지친, 지금 우리 모두에게 필요하다. 그리고 이 반복된 학습(행복을 수집하는 일)이 그 어떤 백신이나 치료제보다 훨씬 효과적일지도 모른다.

행복은 우연이 아니라 습관이기에.

이것이 바로 나를 예뻐 보이게 해주는 지니의 램프 아니고 지니의 워터링 캔

오후 세 시,
창문을 열어요

문득 사진첩을 보다가 아이 사진 보다 식물 사진이 더 많아진
걸 보고 놀랐다. 아이로 꽉 채워 보내던 시간에 틈이 생기니 그
사이로 내 삶에도 새싹이 돋는다.

　　경제 활동을 하지 않고 보냈던 지난 5년, 아이를 돌보지 않
는 시간을 일부러 만드는 것이 왠지 익숙하지 않았다. 나는 집
에 있는 사람이고 생계를 책임지지도 않으니 아이를 보는 일
이 내 절대적 사명 같이 느껴지곤 했다. 그렇다고 훌륭한 부모
는 아니었다. 그저 최선을 다한 시간이었을 뿐이다. 이제 아이
는 엄마에게 혼자만의 시간을 허락할 만큼 자랐고 옛날 스타
일의 놀이법(내가 어릴 때 놀던 것처럼 아파트 친구 집 돌아 다니면
서 놀기)이 잘 자리잡은 사택에 이사 온 후론 어떤 날 오후, 갑자

오늘도 수고로운 일을 시작합니다

기 선물처럼 나만의 시간이 툭! 하고 생기기도 했다. 인간은 적응의 동물이라 했던가, 처음엔 어찌해야 할지 몰라서 엉성하게 보내던 시간들을 이젠 제법 우선순위까지 매겨가며 온전히 하고 싶은 일을 찾아 촘촘하게 직조해 간다. 오후 세 시다. 아이가 앞집에 놀러 갔다. 자! 시작해 볼까?

오전에 미처 확인하지 못했던 식물들을 좀 살펴 볼까? 아니다. 커피 한 잔 내려 나무늘보마냥 처어어언천히 음미하며 마셔봐야지. 아니다. 그냥 한 달째 붙들고 있는 소설을 읽어야겠다. 냉장고에 뭐가 있더라? 일찌감치 저녁을 준비할까? 여유가 있어서 빵을 구워도 괜찮겠는데… 이렇게 선택지는 수두룩하다. 이틀 전 '아이가 없는 오후 세 시'엔 베란다에 걸어 둔 수염 틸란드시아를 정리했고 오늘은 환기가 필요한 식물들을 한데 모아 선풍기 앞에 한 줄로 세워 바람을 맞게 했다. 단, 청소는 절대 하지 말 것!

자기 멋대로 자라서 미친 여자 머리 같던 수염 틸란드시아는 '엄마의 시간'을 거쳐 천사의 머리결이 되었고, 선풍기 바람에 바스락거리는 보리수나무 잎사귀 소리는 기분 좋은 오후 커피 타임에 딱 어울리는 ASMR을 들려준다. 행복은 정말 가까운데 있나 보다. 특별한 일을 하는 것도 아닌데 '내 의지대로 쓰는'

공중 습기를 먹고 자라는 특이한 식물,
수염 틸란드시아

이 식물은 뿌리가 없습니다. 그래서 흙이 없어도 자랍니다. 공중에 매달아 두고 분무만 해줘도 조용하게 알아서 자라죠. 가끔 전체를 물에 잠길 정도로 넣어 두고 몇 분간 두면서 수분을 보충해 줍니다. 물기를 머금으면 연두빛이 나고 평소엔 은빛을 내며 반짝입니다. 작은 미니 화분과 함께 연출해 매달아 두면 귀여운 인테리어 효과도 볼 수 있죠. 게다가 공중에 떠다니는 미세먼지까지 잡아먹는 기특한 식물이랍니다. 흙이 부담스러운 분들, 식물 둘 공간이 여의치 않으신 분들에게 공중에 매달아 키울 수 있는 은빛 틸란드시아를 추천합니다. 자라지 않는 인테리어 소품처럼 보이지만 아이 키 재듯 한 번씩 벽에 표시해 두면 아주 천천히 자라고 있음을 확인할 수 있습니다.

시간을 보내고 나면 스스로 좀 친절해져있음을 느낀다. '엄마!' 하고 복도가 떠나갈 듯 소리를 지르며 들어오는 아이를 꽉 안아줄 만큼의 슈퍼 파워도 꽉꽉 충전되었다.

오늘도 수고로운 일을 시작합니다

식물에게 햇빛과 물 다음으로 중요한 것이 바로 환기(통풍)다. 특히 실내에 사는 식물들은 환기에 신경 쓰지 않으면 오랜 시간 축축한 상태로 뿌리가 분안에 머물게 된다. 바람이 잘 통하면 증산작용이 원활해지고 그래야 수분과 노폐물도 잘 빠져 나간다. 사람도 운동을 해야 땀이 나고 노폐물을 밖으로 배출시키는 것처럼 식물도 뿌리에서 흡수한 수분을 잎 뒷면 기공을 통해 내보내야 하는데 이걸 도와 주는 것이 바로 바람이다. 통풍이 잘 안 되어 증산작용이 원활하게 이루어지지 않으면 뿌리로부터 흡수된 물을 내보내는 속도도 느리다. 이는 식물을 '과습'행 고속열차에 태워 보내는 것과도 같다. 증산작용을 도와 주는 것이 바람만 있는 건 아니지만 실내에서 자라는 식물의 경우는 특히 신경 써야 할 부분이다.

창문을 열어야 바람이 들어온다. 묵은 공기를 내보내야 그 식물이 시들시들 하다면 당장 물부터 주지 말고 통풍이 잘 되는 곳에 놓여져 있었는지 먼저 체크해 보세요. 잠시 창가로 데리고 가 환기를 시켜주고 기다려 주세요!

물주기 후 환기는 필수입니다. 창문을 열 수 없다면 에어컨이나 선풍기도 상관 없답니다.

공간에 건강한 공기가 다시 채워진다.

아이는 친구라는 세상의 창문을 열었다. 기왕이면 건강하고 상쾌한 바람만 불어와 주면 좋겠는데 때론 시커먼 매연이 들이닥치고 어떤 날은 찬 기운에 얼어 버리는 날도 올 것이다. 서늘하고 나쁜 공기가 무섭다고 무조건 창을 닫고 살라고 할 수는 없는 노릇! 추운 겨울이 오면 그래도 따뜻한 시간을 찾아 잠깐이라도 창을 열어 주는 것, 바람에 꺾인 가지가 있다면 보듬어 주고 스스로 치유할 수 있을 때까지 기다려 주는 것! 부모가 할 일은 그것뿐이다. 한껏 기분 좋게 말린 뿌리들이 땅 깊숙하게 뻗어 나갈 수 있도록 부지런히 창문을 열자. 자연 바람(의도하지 않은 관계)이 없다면 인공 바람(계획된 관계)도 괜찮다.

오늘도 우리 집 식물들은 양쪽 창으로 들어오는 바람을 맞

오늘도 수고로운 일을 시작합니다

으며 노폐물을 내보내고 젖은 뿌리를 말린다. 나를 감싼 사람들과의 관계도 주기적인 '환기'가 필요하다. 특히 가까이 붙어 사는 사람들 사이에선 더욱 그렇다. "당신의 그런 태도가 나를 기분 나쁘게 해", "앞으로 이런 점은 조심해 주길 바라", "엄마는 너의 그 옳지 못한 행동들을 고쳐주고 싶은 거지 혼내려는 게 아니야", "엄마도 힘들어, 엄마에게 시간을 좀 주겠니?" 남편과 아이에게 속을 시원하게 보여주고 축축해진 감정을 보송보송하게 말리는 환기(어떤 장소의 공기를 그 이외의 공기와 교환하는)의 시간은 절대적으로 필요하다. 상대방이 기분 나쁠까봐 내 속 썩는 건 모르고 살 때가 많다. 중요한 것은 다른 사람 마음이 아니라 내 마음이다. 그러니 지금 당장 창문을 열자.

커피찌꺼기를
식물 퇴비로 만드는 법

차나 커피찌꺼기를 화분 위에 거름처럼 부어주는 경우가 종종 있습니다. 이론적으론 가능한 일입니다. 커피의 경우 질소 함량이 비교적 높다고 해요. 식물들에게 보약이 되는 빗물도 질소 함량이 높다는 것을 생각해 본다면 커피찌꺼기를 퇴비로 사용하는 것이 꽤 설득력이 있습니다. 단 이때 주의해야 할 점이 있습니다. 젖은 커피찌꺼기를 바로 화분에 뿌리면 안된다는 것입니다. 거름의 형태로 꼭 발효를 시켜줘야 합니다.

우선은 커피찌꺼기를 바싹! 말려 주세요. 그리고 시중에서 파는 발효제(EM류)를 섞어 플라스틱 통에 넣고 보름 정도 둡니다. 모든 퇴비의 발효 법칙은 수분/산소/유기물 입니다. 이 세 가지 요소만 있으면 어떤 유기물도 좋은 퇴비가 됩니다.

커피찌꺼기 500g에 발효촉진제 12~20g(25:1비율)을 섞습니다. (비율이 정확할 필요는 없습니다. 발효제를 커피가루가 뭉쳐지지 않을 정도로 첨가하면 됩니다)

이때 마른 잎이나 톱밥이 있다면 조금 섞어 줍니다. 일반 배양토 한 주먹도 괜찮습니다. 500g을 기준으로 했을 때 여름철이라면 10~15일, 겨울철에는 15~20일 동안 직사광선이 닿지 않게 잘 보관합니다. 일주일에 한 번씩 위 아래를 섞어주면(산소를 넣어 주는 과정) 발효가 더 잘 이루어집니다. 시큼한 냄새가 난다면 잘 발효된 것이라고 봐도 무방합

오늘도 수고로운 일을 시작합니다

니다. 이 발효된 커피찌꺼기를 흙에 섞어 식물에 뿌려주세요. 잘 발효된 커피 퇴비는 지긋지긋한 진딧물을 퇴치해 주는 효과도 있습니다.

저는 애매한 사람이에요

결혼을 하고 서울 수서동에서 삼 년을 살다가 인도네시아로 이주를 했다. 그 시간 동안 친정 엄마가 우리 집에 오신 횟수는 고작 스무 번도 채 되지 않는다. 친구들은 아이를 낳고 조리원을 가거나 친정에서 산후 조리를 하는 경우도 많던데 나의 엄마는 돈을 더 보태줄 테니 조리원에서 좀 더 있다가 나오라고 말씀하셨다. 엄마는 그런 사람이었다. 한없이 퍼주고 모든 걸 내어 놓으실 정도로 우리들을 사랑했지만 그 사랑의 무게와 상관없이 "너는 너의 삶이 있고, 나는 나의 삶이 있다"는 사실을 늘 일깨워 주시는 분이셨다. 엄마는 내 생활의 사소한 것까지 개입하는 일이 거의 없었다. 그리고 내가 하는 선택은 언제나 전적으로 믿어 주셨다. 그런 엄마 덕분인지 내 삶은 조금 독립적이었고 내 선택엔 항상 후회가 없었다.

그래서 "반찬은 매일 해다 날라도 애는 못 본다"고 말씀하시는 엄마의 말에 서운한 적은 한 번도 없었다. 그저 내가 앞으로 지켜야 할 내 인생의 첫 번째 선택과 시작이었으니 말이다. 기쁨으로 맞이했던 둘째를 하늘로 보내야 했을 때, "난 애는 절대 못 본다!"고 늘 철통방어를 하셨던 엄마는 한 걸음에 이 먼 곳까지 달려와 첫 아이를 돌봐 주셨다. 엄마가 한국으로 돌아가시기 전날 밤 내 손을 꼭 잡고 해주신 말씀이 생각난다.

"솔리 하나만 잘 키워. 그리고 이제 네 인생 살아! 네가 하고 싶은 거 찾아서 재미지게 살아!"

그 한 마디에 어찌나 힘이 실려 있는지 내 가슴 한 켠이 쿵쿵 소리를 냈다. 흔한 위로의 말이 아니라 좋았다. 자식보단 너 자신이 더 중요하다는 말이 그 어떤 말보다 든든했고 재미지게 살라는 말에 눈물이 났다. 나는 그런 우리 엄마가 인생 선배로서, 여자로서 참 좋다.

그녀가 처음부터 이렇게 시대를 앞선 멋진 엄마는 아니었다. 고 3때였나? 수능 일주일 전쯤 집 근처 사찰에서 밤새도록 삼천 배를 하고 오신 적이 있다. 며칠 절뚝거리며 다니던 엄마를 보며 묘한 죄책감을 느끼기도 했다. 오직 자식을 위해 무릎을 삼천 번이나 꿇으실 수 있는 세상 유일한 사람. 그랬던 엄마가 내가 대학에 가고부터 변하기 시작했다. 아마도 그쯤이었나 보다. 집 안에 식물들이 점점 늘어나던 시기가.

엄마는 다니던 사찰에서 공부를 시작하셨다. 내가 대학생이 되고나서 봤던 엄마의 모습은 대부분이 책(불경이 대부분이었고)을 필사하거나 식물을 돌보는 것이었다. 그리고 그 뒤론 나 때문에 엄마가 무릎을 삼천 번씩이나 꿇는 일은 더 이상 일어나지 않았다. 아마 그때 엄마는 선인들의 말씀들을 종이에 쓰며, 식물들을 보살피며 당신 스스로를 되찾고 계셨는지도 모른다. 그때 엄마의 시간 사이사이에 뿌려진 씨앗들이 이만큼 자라 단단한 뿌리와 커다란 잎으로 그늘을 만들어 지친 나를 언제나 쉬게 한다.

'너는 너의 인생이 있고, 나는 나의 인생이 있다'고 말하는 엄마가 좋다. 아는 사람 하나 없는 이 먼 곳까지 와서 내가 씩씩하게 흔들리지 않고 살 수 있는 이유이기도 하다. 조금 떨어져 있어야 전체가 보이고 그 사이로 햇살도, 바람도 스며든다. 부모와 자식 사이도 그렇다.

이제 아이는 엄마 손길이 100% 필요한 시기를 지나가고 있고 나에게도 나만의 시간을 가질 틈이 조금씩 생기고 있다.(끝이 있기나 할까 싶던 순간도 결국 끝은 있더라. 그러니 아직 36개월에 도착하지 못한 엄마들이여 조금만 힘을 내시길!) 그 틈 사이사이에 나도 우리 엄마처럼 작은 씨앗들을 심는다. 글을 쓰고 식물을 돌보고 내 몸과 마음도 자꾸 들여다 본다.

씨앗은 새싹이 되고 싹은 자라 뿌리를 내려 그 틈을 더 크게 벌려줄 것이다. 넓어진 틈 사이로 나는 또 계속해서 또 다른 꿈의 씨앗을 심게 될 것이다. 단단하고 울창하게 자란 잎들은 엄마가 나에게 그랬던 것처럼 내 아이에게도 커다란 그늘이 되어 줄 것이라 믿는다.

이론을 안다고
실패하지 않는 것은 아닙니다!

상쾌한 바람의 향이 나는 '유칼립투스'는 분명 이론상으론 물을 좋아하는 식물입니다. 자주 물을 주었는데 이상하게 자꾸 가지가 마릅니다. 그때부터 걱정되는 마음에 매일 다가가 잎을 만지고 또 물을 붓습니다.

그래도 여전히 잎은 말라갑니다. 잎이 마르니 마음이 더 조급해집니다. 그래서 또 물을 붓습니다.

　　결국 뿌리는 무르고, 잎은 바짝 말라 후두둑 떨어져 죽어 버렸습니다. 머리로는 아니란 걸 알겠는데 마음과 손은 자꾸 그 앞에 서서 물을 주고 있습니다.

　　아이와 부모의 관계에서도 이런 과정을 겪게 된다면 결과는 저 유칼립투스와 다르지 않을 것입니다. 모든 자연은 통제할 수 없고 이론대로 되는 것도 아니며 그저 느리지만 확실한 관심, 적절한 돌봄만이 그들이 자신의 속도에 맞춰 성장할 수 있도록 도울 수 있습니다.

　　어느 오디션 프로에서 일등을 차지한 가수가 자신을 애매한 가수라고 소개했다. 애매한 경계에 있기 때문에 어쩌면 양쪽(인디음악과 대중음악)을 더 잘 대변할 수 있을 것이라고 말이다. 나처럼 원예와 환경, 조경을 전공한 사람들은 다양한 일들을 하며 살아간다. 진짜 농사를 짓는 사람, 원예작물을 연구하며 새로운 농작물을 육종하고 키우는 사람, 꽃과 나무를 재배하는 사람, 재배한 식물들을 사람들과 연결해주는 사람들이 있다. 그뿐만이 아니다. 공원을 설계하는 사람, 국토를 계획하고 직접 만드는 사람, 조성된 정원과 공원을 사진으로 기록하는

사람들도 있고 가슴 아픈 기억들을 많은 사람들이 잊지 않도록 공간으로 만들고 그 공간을 다음 세대로 이어갈 수 있게 도와 주는 사람들도 있다. 그리고 육아와 다른 여러 가지 사정으로 현장에서 한 발짝 물러나 있는 사람들도 있다. 바로 나같이 애 매한 사람들.

나는 식물을 키우는 사람과 식물을 키우지 않는 사람들의 경계에 있고, 한국인이지만 한국에 살고 있지 않은 사람들의 경계에 있다. 밖에 나가서 일하는 엄마와 집에 있는 엄마들 사이 어딘가에서 글을 쓴다. 하지만 나는 알고 있다. 작은 식물들이 인간과 자연 사이를 느리지만 확실하게 연결해 주고 있는 것처럼 앞으로도 쭉 글을 쓰고, 식물을 키우며 이쪽에서 저쪽을 왔다 갔다 하는 사람으로 있을 것이다. 이 애매한 경계에서 서로를 연결하며 느리고 천천히 그들을 마주하고 싶다.

어제 저녁, 비빔밥 위에 참기름을 한 바퀴 휘이 두르다가 문득 엄마 생각이 났다. 한국에 못 간 지 일 년 반, 세상에서 요리를 제일 잘하는 우리 엄마 밥과 김치를 먹어 본 지도 거의 2년이 넘었다. 2년 전 한국에서 이곳으로 돌아오면서 삼단 뽁뽁이로 꽁꽁 싸 묶어 바리바리 챙겨주신 엄마표 참기름도 이제 반 병 남았다. 올해 안에 수백 가지 불편함을 감수하고 한국을 다녀 와야 할지 진지하게 고민 중이다.

매일 똑같은 일상의 반복이지만 불쑥 끼어 들어오는 생각 들 가운데 가장 큰 건 한국에 있는 가족들이다. 명절이 다가오 면 더 그리워지고 올해는 한번도 못 가봐서 그런지 그리움이 눈 덩이만큼 불어나 감당이 안 될 지경에 이르고야 말았다. 마르지 않는 긍정 주머니를 달고 사는 나지만 갑자기 밀려드는 향수병에 눈물이 주체 없이 흘러 내리는 날도 생긴다. 그렇게 주방 한 켠에서 훌쩍이고 있는데 눈치가 100단인 아이가 달려와 눈을 동그랗게 뜨고 왜 우냐고 묻는다.

"엄마도 엄마가 너무 보고 싶어서 그래."

다섯 살 아이 앞에서 다섯 살 아이처럼 엉엉 울어버리고 말았다. 아이는 다가와 말없이 안아준다. 그리고 단풍잎마냥 작은 손으로 내 어깨를 토닥, 토토닥 두드린다. 그러더니 하는 말.

"전화하면 되지 왜 울어."

맞네! 전화하면 되네! 어느새 아이는 엄마를 위로해 줄 만큼 훌쩍 자랐고, 나는 내 아이의 엄마 노릇을 하느라 내 엄마를 자주 잊고 산다. 어쨌거나, 그런 순간이 찾아오면 더 깊이 우울해지지 않기 위해 감정을 잘라내는 행위를 하곤 한다. 화장실 청소를 한다거나 아이와 앉아서 그림책을 목이 쉴 정도로 읽어주면 좀 나아지는데 집에 식물들이 많아지면서 마른 수건 하나 척! 들고 잎사귀를 닦는다. 내 마음 수양과는 별도로 식물의 잎들을 정기적으로 닦아주는 일은 그들에게 꼭 필요한 일이기도 하다.

식물은 잎으로 숨을 쉬고 뱉는데 그 잎에 먼지나 이물질이 쌓여 기공이 막히면 숨 쉬기가 어려워진다. 실제로 먼지를 닦은 잎과 닦지 않은 잎을 비교했을 때 닦지 않은 쪽이 성장 속도도 더디고 광합성도 70프로밖에 못한다고 하니 잎 청소도 물 주는 것만큼 중요하다. 잎들을 닦다 보면 뭔가가 묻어 나거나 종종 작은 벌레가 기어 다니는 걸 볼 수 있는데(그것이 진딧물이나 응애일 수 있다) 그것들을 '잡아 주는 일'들이 요즘 내 잡생각을 '잡아 주는' 데 아주 그만이다. 게다가 엄마표 참기름을 바른 것처럼 반들반들 윤이 나는 잎은 덤이고 거기에 고소한 공기까지 뿜어 주니 이 얼마나 고마운 존재들인지!

잎 닦기 딱 좋은 식물 중 최고는 인도 고무나무다.

아주 먼 옛날, 그러니까 내가 식물에 관심이 생기기 전부터 이들은 우리 모두의 집에 쭉 존재했던 식물이다. 가까이 다가가 손길을 준 적은 없지만 늘 거실 한 켠에 놓여져 저 어두운 잎으로 번쩍이는 광을 내주고 있었다. 잎도 시커먼데 이름도 고무나무라니. 별 볼 일 없고 멋대가리(엄마 표현을 빌리자면) 없어 보이던 저 나무가 마흔이 넘어 자꾸 보고 싶은 애착 식물이 되었다.

오늘도 수고로운 잎을 시작합니다

특별히 관리하지 않아도 무난히 잘 자라고 가끔 잎만 좀 닦아주면 은은하게 광도 나면서 한자리 묵직하게 존재하는 것이 꼭 남편, 아니 있지도 않은 큰 아들 같다는 생각이 든다. 단순하지만 소박한 잎이 꽤 든든하다. 고무나무의 새 잎이 나는 과정 또한 꽤 흥미롭다. 줄기 끝에 삐죽한 모양으로 한참을 있다가 새 잎이 날 즈음이 되면 뾰족한 부분의 길이가 점점 길어진다. 잎을 만들기 시작한다는 신호이다. 그러다 잎이 충분히 성장하면 원래 가지를 감싸고 있던 껍질이 마치 양말을 벗듯 쭉 벗겨지면서 안쪽에서 번쩍이는 고무나무 새 잎이 펼쳐지며 나온다. 그리고 그 잎 안쪽에 남은 줄기는 다시 다음 잎이 나올 때까지 그들을 단단히 받쳐 준다.

품어주고, 제 할 일이 끝나면 잠시 비켜 있다 다시 또 곁을 지켜주는 식물들의 성장 과정이 새삼스럽게 뭉클하다. 세상에 일어나는 모든 현상엔 이유가 있고, 이 말은 즉 '세상에 무의미한 것은 하나도 없다'라고 봐도 무방하리라. 그런 의미로 쭉정이마냥 조금 작고 이상한 모양으로 난 지난번 잎은 떼어내지 않고 그냥 두기로 했다. 힘을 내어 세상 밖으로 나온 모든 생명은 살아가야 할 나름의 이유가 있고 살아내야 할 가치가 충분하다. 오늘만은 떨어져 나간 고무나무 가지 껍질 같은 마음으로 살아 보리라. 내 안의 못난 마음도, 당신 안의 예쁘지 않은

부분도 모두 끌어안으면서.

　그렇게 오늘을 보내면 혹시 또 모른다.
　반짝거리는 내일이 짠! 하고 펼쳐질지 말이다.
　나무와 식물은 숨을 쉰다. 살아 있으니 당연하다. 이산화
탄소를 마시고 산소를 내뿜는다. 뿌리로 물을 먹고 가지를 통
해 잎사귀 끝까지 부지런히 이동시킨 후 광합성을 하며 물을
뿜는다. 공원이나 숲이 습하고 축축하다 느끼는 이유가 바로
여기에 있다.
　식물이 온 몸에서 뿜어내는 물이 주변 온도를 내려주고 심

오늘도 수고로운 일을 시작합니다

여전히 영국에선 인기 식물 1위!
고무나무

고무나무는 라텍스를 함유하고 있는 두꺼운 잎에서 그 이름이 유래되었습니다. 실제로 가지를 자르면 하얀 고무 액이 나오죠.(독성이 있으니 어린 아이나 반려동물이 먹게 해선 절대 안됩니다!) 우리가 흔히 접하는 고무나무 종류로는 인도 고무나무, 떡갈잎 고무나무, 벤자민 고무나무, 뱅갈 고무나무가 있습니다. 실제론 최대 2,000종이 존재하고요. 인도 고무나무는 고무나무들 중에서도 특히 포름알데히드 제거 능력이 탁월하여 음이온을 내뿜습니다. 전자파 차단에 좋아 거실 TV옆에 두기 좋은 식물이기도 하지요. 웬만하면 무난하게 잘 자라기 때문에 식물을 집에 처음 들이는 초보자들에게 추천하는 최최최고(!!!) 순둥이 식물입니다. 게다가 어둡고 두툼한 잎이 얼마나 근사한지요. 과묵한 멋쟁이 영국 신사 같다니까요!

지어 나쁜 공기를 먹어주기까지 한다. 천연 에어콘이 따로 없다. 그것도 빵빵한 가습기가 달린 최첨단 듀얼에어콘이다.

키가 20미터쯤 되는 나무 한 그루가 맑은 날 하루 동안 배출하는 산소의 양은 약 13킬로그램, 사람 열 명이 하루 동안 숨 쉬기 충분한 양이라고 한다. 식물은 이렇게 공기를 정화해주고 키우는 기쁨을 주고 때론 양질의 위로도 주는데 우린 도대체 애네들을 위해 뭘 해주고 있나 모르겠다. 때 맞춰 물주고 햇빛 가까이 화분을 조금 밀어주고 창문 열어 바람 좀 쐬어 준다고 할 일을 다 했다고 생각한다면 그건 마치 일주일에 설거지 한 번 하고 집안일 다 한다며 큰소리 뻥뻥치는 '간 큰' 남편과 다를 바가 없다.

매일은 아니더라도 집 한 켠에 놓여있는 식물들을 정성스럽게 쓰다듬고 이파리 한번 닦아 주는 수고를 자처해보자. 그들은 분명 전과는 다른 얼굴로 더 싱그럽고 건강한 산소를 듬뿍 내어 줄 것이다. 그러니 "우리 공기값은 하고 삽시다!".

오늘도 수고로운 일을 시작합니다

식물을 키우다 보면 '헉' 소리가 나오는 몇 번의 순간이 있다. 성가신 뿌리파리가 흙속에 잔뜩 알을 깐 순간이라던가, 온갖 해충들이 잎 뒷면에 다닥다닥 붙어 잎을 갉아 먹고 있는 순간, 이것 말고 또 하나는 바로 '버섯'을 마주할 때다. 화분 가장자리에 쏙 하고 올라온 버섯이 앙증맞고 귀엽다 싶어 그냥 둔 적이 있다. 다음날 보니 한 개가 여섯 개로 늘어나 있었다. 크기는 또 어찌나 큰지 보자마자 "으악! 징그러워!" 괴성이 나온다.

때론 화분 중간에 한자리 차지하고 큼직하게 자라나기도 하고 아이가 장난감을 올려놨나 싶게 작은 미니어처처럼 구석진 곳에서 조용히 자라나 있기도 한다. 어떤 종류든 이 버섯들을 뽑지 않고 그냥 둔다면, 포자가 온 집안 화분으로 옮겨가 졸지에 버섯농장 주인이 될지도 모른다.

그러니 버섯이 버젓이 자라게 그냥 두지 말자.

식물이 자라는 화분에서 버섯이 자라나는 건 흔히 발생하는 일이다. 버섯균의 포자는 눈에 보이지 않을 만큼 작고 가벼워 공중을 떠다니다가 온도와 습도가 적당한 곳에 내려앉아 발아한다. 인공배양토에 심은 식물일지라도 열린 창문으로 날아온 포자의 '버섯'이 버젓이 자랄 수 있다는 말이다. 습기 가득한 여름이라면 더욱 신이 나서 화분 여기저기 좋은 자리를 찾고 다닐 게 뻔하다. 대부분의 버섯은 햇빛에 약하기 때문에 강한 해를 받으면 바로 말라 죽는다. 화분에서 자라는 버섯은 식용이 불가하고 때에 따라 독버섯일 가능성이 있기 때문에 뽑아 버린다. 이때 맨손으로 하기 보단 장갑을 끼고 나무 젓가락을 사용해 뿌리 밑까지 퍼서 흙까지 제거해주는 것이 좋다.

버섯은 일종의 곰팡이가 맺는 열매다. 흙 1그램 속엔 4억 개의 박테리아가 존재한다. 그속의 수많은 곰팡이들 중 어떤 것들은 식물과 긴밀한 관계를 맺고 살아 가기도 한다. 곰팡이는 엽록소가 없어 스스로 양분을 만들어 낼 수 없다. 그래서 다른 생물을 분해함으로써 영양분을 흡수하며 살아 간다. 이런 곰팡이들 중 일부는 식물의 뿌리에 붙어 살기도 하는데 그런

화분에 생긴 버섯 처리 방법 TIP

✦

① 독이 있을 수 있으니 장갑을 꼭 착용해 주세요.

② 버섯만 달랑 뽑아 버리지 말고 흙 아래까지 푹 떠서 버리는 것을 추천합니다.

③ 겉흙을 새로 채워 주거나 훈탄(왕겨를 태운 것)을 섞어주면 좋습니다.(선택사항)

④ 환기를 꼭 하고 며칠간 물주기를 멈춥니다.

유익한 곰팡이를 '뿌리곰팡이(균근균)'라고 한다. 이런 균근균들은 식물 뿌리에 붙어 꽤 중요한 역할을 해주고 있다. 그들은 식물의 뿌리를 감싸 토양의 온도 변화에 대한 저항력을 길러준다. 뿌리가 쉽게 마르지 않도록 돕거나 중금속이나 독성물질에 대한 내성도 키워준다. 농작물이나 식물을 이식할 때 뿌리 손상을 막아주기도 한다.

균사와 결합한 뿌리는 표면적이 상대적으로 넓어져 양분의 흡수에 훨씬 용이하다. 특히 인산(식물의 3대 영양소 중 하나로 세포를 만들어 준다)에 대한 흡수율이 높아진다고 알려져 있다.

이토록 이로운 것들의 보답으로 식물은 광합성의 산물인 탄수화물을 곰팡이에게 제공하고 곰팡이는 그 탄수화물을 흡수해 버섯이라는 꽃을 피우게 된다. 사람들에게 귀한 대접을 받고 계시는 송이버섯은 살아 있는 소나무나 신갈나무 뿌리에서, 능이버섯은 참나무 뿌리에서 공생하는 균근균이다.(그러나 보통 일반적인 버섯은 어린 식물이나 나무에 도움이 안 되는 경우가 대부분이다)

결혼을 했지만 엄마는 아니었던 시절, 생물권보존지역^{Bio-sphere-BR} 연구 때문에 독일 베를린에서 동북쪽으로 한 시간 정도 떨어진 에버스발드^{Eberswalde}라는 도시에서 한 달간 머문 적이 있다. 에버스발드 대학은 숲속에 위치해 있었는데 머무는 동안 숲길을 가로질러야 학교에 갈 수가 있었다. 연구를 도와주던 독일 학생 하나가 늘 그 길에서 버섯을 따 맛보라고 주곤 했다. 어린 시절부터 할머니랑 같이 숲에 버섯을 따러 다녔고 웬만한 독버섯은 구별할 줄 안다며 안심해도 된다면서 말이다. 나무에서 막 딴 버섯은 향기가 났다. 그리고 씹으면 씹을수록 그 향이 더 강해졌다. 분명 아침 일찍 같은 자리에서 보았던 버섯이 저녁에 집에 갈 때 보면 흔적도 없이 사라져 있기도 했다. 죽은 나무 기둥 가득 빽빽하게 붙어 있던 버섯들도 보았다. 버섯이 붙어 있던 나무는 버섯에게 먹혀 서서히 사라지기도 했다.

버섯은 동물도 아니고 식물도 아니다. 생물은 동물, 식물, 균류, 단세포생물 이렇게 나뉘는데 버섯은 균류에 속한다. 곧 '곰팡이'란 이야기다. 동충하초(곤충의 영양분을 먹고 자라다 겨울에 죽어 여름에 식물처럼 자라나는 버섯)와 무좀이 같은 균에 속한다는 사실을 알고 버섯 먹기가 꺼려졌던 적도 있다. "지구상에 사람 없이는 돌아가도 버섯이 없으면 절대 안 돌아간다"고 말해 주던 그 독일 학생의 말이 오늘 아침 고무나무 화분에 뽁뽁 올라온 하얀 곰팡이(버섯)들을 보며 떠올랐다.

무언가 생산한 자(식물)가 있으면 그걸 소비하는 자(동물)가 반드시 있어야 한다. 그리고 생을 다한 그들을 분해하는 자(균) 또한 존재해야 이 세상이 넘치지 않고 적당한 균형을 이루며 존재할 수 있다. 그런 의미에서 버섯은 식물과 동물 사이를 연결해 주고, 죽은 것들(떨어진 낙엽이나 죽은 동식물)에 붙어 그들을 삭이고 분해해 이 현실 세계에서 말끔히 사라지게 해주는 생태계에 없어서는 안 될 고마운 청소부다.

우리 집 화분에 버섯이 생겼다? 그것은 어쩌면 흙속에 양분이 많다는 것으로 해석할 수도 있겠고 어느 정도 식물의 뿌리가 누군가의 도움을 받아 보호받고 있다고 생각할 수도 있다. 그러니 버섯이 출현했다 해도 너무 걱정할 필요는 없다. 나

오늘도 수고로운 일을 시작합니다

의 반려식물이 잘 자라고 있구나! 여기고 조용히 장갑을 끼고 다가가 쏙! 뽑아 버리면 된다.

버리고 버려도 없어지지 않고 '버젓이' 살아 있는 기억이 있다면 식물도 아니고 동물도 아닌 버섯을 좀 챙겨 먹으면 어떨까? 버섯의 그 어떤 성분이 그 기억들도 말끔히 삭여 이 현실 세계에서 영원히 사라지게 해 줄지도 모르니까 말이다.

그런 의미에서 오늘 저녁은 버섯볶음이 좋겠다.

돌봄에 인색하지 않은 사람

우리 가족은 회사에서 제공해 주는 사택에서 살고 있다. 코로나 때문에 외부인 출입을 막고 있어 이사 오고 일 년이 다 되어가지만 집에 방문한 사람이라곤 이웃 아이들 몇 명과 그들의 엄마 서넛이 전부다. 그들이 집에 와서 하는 말은 한결같다.

　"식물이 정말 많네요.
　이렇게 많은 화분이 있으면 물 주기 힘드시겠어요."
나는 대답한다.
　"저 물 주는 거 좋아해요."

　물론 한두 개도 아니고 각각의 컨디션에 맞춰 일일이 화장실로 식물들을 나르는 일은 결코 쉽지 않다. 그럼에도 귀찮은

이 일을 마다 하지 않는 건 물을 주는 동안 아무 말 하지 않아도 된다는 것, 그리고 몸을 반복적으로 구부렸다 폈다 하는 행위가 매사 들떠 있는 나를 차분하게 만들어 준다는 장점이 있다. 양껏 물을 마시고 허리를 쭉 편 통통하고 예쁜 잎들을 가장 먼저, 가장 가까이 감상할 수 있는 것 또한 매력적이다.

식물을 기르는 사람은 돌봄에 인색하지 않다. 아이와 반려동물을 키우는 것처럼 매일매일 아주 최소한의 눈길이라도 꼭 그들에게 머무른다. 생명을 가까이 두는 것엔 책임이 따른다. 쉽지 않은 일이다. 하지만 하루에도 몇 번씩 느껴지는 작고 밝은 그들의 에너지 때문에 나는 오늘도 허리를 숙이고 작은 이파리들을 쓰다듬으며 젓가락 하나로 흙 사이 사이에 숭숭 구멍을 내고 있다. (*가끔 뿌리에 통풍을 위해 젓가락으로 화분 안에 듬성듬성 구멍을 뚫어 줍니다)

거의 반 년 만에 큰 마음을 먹고 주말 하루 나들이를 다녀왔다. 고작 하루 집을 비웠을 뿐인데 떡갈잎고무나무, 파키라, 리무사티아RIMUSATIA잎이 이상하다. 잎 뒤를 젖혀보니 잎 줄기마다 가르마 사이사이 비듬 내려 앉은 것 마냥 흰 가루가 소복하게 쌓여 있다. 흰 가루병이다. 습한 환경에서 걸리기 쉬운 병으로 잎과 줄기에 흰 가루와 반점들이 보여 식별이 쉬운 병이

기도 하다. 그러나 단순히 가루를 닦아낸다고 해결되지 않는다.

흰 가루병에 걸리면 잎의 광합성이 줄고 호흡과 증산이 많아져 식물 성장을 방해한다. 아니나 다를까, 이미 몇몇 잎은 말라 있고 광택이 나던 초록잎은 부분적으로 하얗게 변해 있다. 게다가 이 병은 옆 식물들에게도 순식간에 옮겨 가기 때문에 반드시 격리를 시켜줘야 한다. 우기인지라 하루 종일 비가 와 어쩔 수 없었겠구나 싶다가 최근 몇 주간 잎뒤를 꼼꼼히 챙겨 보지 못했음을 깨닫는다. 역시 모든 일엔 이유가 있다.

독한 살충제 한방이면 해결될 일이지만 반려동물이나 아이가 함께 사는 집에선 조금 꺼려지기도 한다. 그리고 흙이 스스로의 힘으로 건강해질 수 있도록 돕는 것이 장기적으로 보면 더 효과적이기 때문에 조금 불편하더라도 천연 살충제를 만들어 사용하는 편이 좋다. 무엇보다도 천연 살충제는 사람이 먹을 수 있는 것들로 만들기 때문에 누구에게나 안전하다. 한여름에 눈 내린 것 마냥 가지마다 하얗게 덮인 잎 위로 난황유*를 만들어 구석구석 뿌리고 다른 식물과 분리시키기 위해 화장실로 화분을 옮겼다. 이들은 약 2주간 자가 격리와 함께 나의 집중 관리를 받을 예정이다.

집에서 만들어 사용하기 좋은
천연 살충제를 소개합니다

🔱

다음은 농촌진흥청과 아일랜드 자연주의 정원가 메리레이 놀즈의 《생명의 정원》에서 소개한 천연 살충제 제조법입니다.(잎마름병, 잎 붉은 곰팡이병, 모자이크병, 흰가루병 곰팡이, 진딧물, 병충해에 효과적)

[난황유]

재료: 계란 노른자 1개 + 식용유 소주 한 컵 분량

① 계란과 식용유를 섞어 믹서로 갈아 주세요.

② 여기에 물 2리터에 섞어 이파리 앞뒤로 분사해 줍니다. 주 1회 사용합니다. 예방 차원이라면 2주에 한 번 뿌려주면 좋아요.

• 계란 대신 마요네즈를 사용해도 좋습니다. 마요네즈와 물을 1:50 비율로 섞어 같은 방법으로 이파리 앞뒤로 분사하면 같은 효과를 볼 수 있습니다. 마요네즈와 달걀 기름 성분이 막을 형성해 벌레들의 숨통을 조여 서서히 죽인다고 합니다. 단, 너무 많이 뿌리면 식물 기공을 막아 성장을 막을 수 있으니 주의하여 분사하고 1~2일 지나

잎을 깨끗이 물로 샤워시켜 주세요.

[님Neem 오일이 첨가된 살충제 만들기]

① 님 오일 2방울＋물 1리터＋주방 세재 또는 액체 비누 몇 방울을 섞어 1주일에 한 번, 예방 차원에서 2주에 한 번씩 분사해 주세요.(비누 대신 베이킹 소다 1테이블 스푼을 사용해도 무방/ 오일이 물과 분리될 수 있으니 잘 흔들 것)

② 님 오일 2t(티스푼)＋으깬 마늘 4쪽＋다진 양파 2개를 물 1리터에 넣고 1~2시간 놓아 둡니다. 혼합물을 체에 걸러 분무기 병에 붓고 잎위아래 살포합니다. 해충이 사라질 때까지 하루 2회 반복합니다. (혼합물은 병에 담아 1주일 보관 가능)

③ 사과식초 4테이블 스푼＋님 오일 2테이블 스푼＋비누 1테이블 스푼을 물 0.5리터에 넣고 섞어 분무기 통에 붓고 식물 잎의 앞뒤에 분사합니다. (성분들이 분리되지 않도록 계속 흔들 것)

• 님 오일은 아열대, 열대 지방에서 자라는(50%이상이 인도에 서식) 님 나무에서 추출한 오일로 병해충 생장 억제에 효과가 좋을 뿐 아니라 약 400여가지의 해충을 방제하는 것으로 알려져 있습니다. 인도에서 이 나무를 '마을의 약방', '모든 질병을 치료하는 나무'라고 일컬을 정도

로 오랫동안 치료제나 살충제로 사용해왔죠. 님 나무 가지를 문앞에 걸어 질병을 막거나 뜰에 심어 공기를 정화시키기도 했고 오일을 희석한 살충제는 진딧물, 달팽이, 배추벌레, 나방, 바퀴벌레, 파리, 흰개미, 모기, 진드기 등 해로운 곤충들에게 효과가 있습니다.

- 우리나라에선 '멀구슬나무'라 부릅니다. 동물과 물고기에는 전혀 피해를 주지 않는데다 식물성이라 빠르게 분해가 되어 잔류물이 남지 않는 장점이 있습니다만 구릿한 냄새 때문에 분사 후 환기가 필요합니다.

[마늘＋고추]
재료 : 통마늘 1개, 매운 고추 3개, 레몬 1개, 비누 1t(티스푼)
　　　＋빗물 또는 식수 1리터

① 모든 재료를 분쇄기에 넣고 곱게 다져질 때까지 갈고 하룻밤 냉장고에 보관합니다.

② 깨끗한 보관용 유리병에 체에 거른 내용물 액을 붓고 비누를 섞습니다.

③ 물 0.5리터에 만들어진 혼합물 4t(티스푼)을 섞고 나머지는 다시 냉장 보관합니다.

④ 피해를 입은 잎의 윗면과 아랫면을 흠뻑 적십니다. 필요한 경우 매주 반복합니다.

오늘도 수고로운 일을 시작합니다

[국화차]

재료 : 말린 국화꽃 100g, 물 1리터, 님 오일 1t(티스푼)

① 말린 꽃을 물에 넣어 끓이는데 팔팔 끓고 20분 가량 더 끓입니다.

② 꽃잎을 건져내고 차갑게 식힌 후 분무 병에 담아 뿌립니다. 해충이 사라질 때까지 2회 반복합니다.

③ 혼합물은 몇 달 동안 병에 보관 할 수 있습니다.

- 국화꽃은 천연 살충제 성분을 포함하고 있습니다. 국화를 해충이나 벌레에 취약한 식물과 사이에 심으면 해충으로부터 보호하는 데 많은 도움이 됩니다. 마리골드(천수국)도 같은 기능을 합니다.

이 밖에도 담배꽁초를 물에 넣어 우려낸 후 분무해도 진딧물이 떨어집니다. (진딧물은 니코틴에 약하거든요!) 또한 우유를 분무기에 넣어 뿌려 주어도(일주일 2번) 효과가 있습니다.

단! 냄새는 지독할 수 있다는 점, 유의하세요!

낮은 바닥에서 자라는 식물들이 해를 볼 수 있도록 소나무는 가지 끝에 달린 잎 일정 부분 공간을 둔다. 위로 높게 자라는

메타세콰이어는 서로 쓰러지지 않기 위해 뿌리를 수직이 아닌 수평으로 뻗어가면서 옆자리 뿌리들을 꽉 붙든다. 서로가 서로를 돌보고 부족함을 채운다. 세상 모든 것들이 그렇다. '모르는 척' 하지 않으면 '아는 척'으로 돌아온다.

빛이 필요한 식물들을 해 곁으로 옮겨 주고, 길 고양이들에게 몰래 밥을 챙겨 주고, 유모차를 끌고 오는 아이 엄마를 대신해 문을 잡아주고, 눈 내리는 추운 길가에서 노숙자에게 자신의 겉옷을 기꺼이 벗어주는 작은 보살핌의 순간들은 당장은 티가 나진 않겠지만 땅 깊숙한 곳까지 빗물이 스며들 듯 그렇게 서서히 세상에 스며들어 서로 간의 믿음과 신뢰의 싹을 틔우게 될 것이다. 나무가 숲이 되는 것처럼 느리지만 완벽하게!

벌써 아이가 유치원을 못 간 지 일 년이 넘었다. 컴퓨터에 익숙하지 않은 나이라 온라인 수업을 하는 대부분의 시간을 옆에서 도와주어야 한다. 정말 신생아 때처럼 24시간 붙어 있다. 속에서 불이 나는 순간들도 있지만 한편으론 감사한 일이다. 이런 끔찍한 일이 일어나지 않았다면 더 좋았겠지만 온라인 수업으로 몰랐던 아이의 모습을 발견할 수 있으니….

작은 두 손을 고이 모아 깍지를 끼고 동그랗게 만들어 그 위에 이마를 얹고 기도하는 모습, 막상 시키면 대답도 잘 못하면서 선생님이 하시는 질문엔 번쩍번쩍 손을 드는 아이의 표정, 아이를 유치원에 보내고 상상만 했던 모습들을 이렇게 가까이서 본다. 머지 않아 아이가 다시 학교로 돌아가게 된다 해도 지금 이 모습을 기억했다가 내가 곁에 없는 '아이의 시간'을 떠올리며 안심할 수 있을 것도 같다.

분명 아이도 그럴 것이다. 식물과 아이를 돌보며 보낸 엄마의 시간들이 아이의 기억 어딘가에 쌓여 세상에 일어나는 작고 사소한 일을 모르는 척 하지 않는 아이의 삶으로 이어지길 바라본다. 내가 없는 아이의 다음 세상은 돌봄에 인색하지 않은 사람들이 많았으면 좋겠다.

흰가루병에 걸리면
제대로 광합성이
이루어 지지 않아
잎이 부분적으로
희끗하게 변한다.

잎 가지나
잎맥 사이에서
흰 가루를
육안으로도
식별할 수 있다.

숫자 3과 삶

수많은 육아서들은 아이를 세 돌까지 엄마 곁에 두고 키워야한다고 강조한다. 도대체 3년은 어떤 시간이길래 서당개가 풍월을 읊고 세 살 버릇이 여든까지 지속된다고 하는 걸까? 그러고 보면 '3'이라는 숫자는 우리 삶에 참 가까이 있다.

우리는 아침, 점심, 저녁 세 번의 밥을 먹고 내기를 해도 꼭삼세번을 한다. 재판의 결과도 탕탕탕! 세 번의 내려침에서 결정이 나지 않던가! 어디선가 재미있는 실험을 본 적이 있다. 한두 명이 쳐다볼 땐 별다른 일이 벌어지지 않다가 같은 공간에세 명이 하늘을 동시에 올려다보자 그 곳을 지나던 사람들이모두 걸음을 멈추고 똑같이 같은 방향의 하늘을 바라보았다는실험이다. 3이라는 숫자는 집단을 만드는 완전한 수이고 그것은 곧 규범을 만든다. 3은 '완벽'과 '안정'을 동시에 완성하는 숫자다.

그 실험과 상관없이 정말 나에게도 그랬던 것 같다. 아이가 세 돌이 지나고 나니 앞이 보이고 숨통이 트였다. 육아가 뭔가 전과는 확실히 달랐다. 식물도 그렇다. 식물을 키우는 사람들에겐 익숙한 법칙이 있다.

물주기 3년

말 그대로 삼 년 꾸준히 식물에 물을 주다 보면 그제서야 감이 온다는 이야기다. 사람이나 식물이나 봄, 여름, 가을, 겨울 사계절을 겪어보면 그들이 조금 보이기 시작한다. 그런데 그 일 년을 세 번이나 반복해서 지켜 본다면? 그렇다. 물주기 3년이면 식물 똥손도 그린핑거로 거듭나기 '완벽'히 '안정'된 시간이다. 그러나 삼 년 아니 세 달을 채우기도 전에 죽어나가는 식물들을 보며 "역시 나는 안돼!", "내 손을 거쳐 살아남는 식물은 없지" 이런 마음으로 식물 기르기 자체를 거부하는 당신을 위해 (알면서 실천하기 힘든/식물러들은 대충 다 아는) 물주기 비법을 공개한다.

"나는 꽃집 사장님이 그저 하라는 대로 3~4일에 한 번 물

준 것밖에 없는데 왜 죽는 거죠?"라고 묻는다면 할 말이 없지만 분명! 예상하는데 당신은 물만! 정말 물만! 준 것이다. 왜 식물 가게 사장님들은 '3~4일에 한 번 물 주세요'라는 말을 해가지고 이런 살식자를 잔뜩 양성하는지 모르겠다.

식물을 처음 집에 데려 왔다면 그들의 이름이 무엇이고 어떤 환경을 좋아하고 어느 나라에서 살다 왔는지 정도는 찾아보길 권한다. 식물 키우기를 결심한 사람이라면 그 정도는 사실 당연히 했을 거라 믿고 싶다. 나같은 경우는 일단 물을 흠뻑 준다. 어떤 사람은 처음 집에 데려온 날 아무것도 안하고 새 환경에 적응할 수 있도록 그늘진 곳에 가만히 두기도 한다. 식물을 키우는 데는 정해진 정답 같은 것은 없다. 저마다의 방법을 찾으면 된다.

실내에서 물을 줄 때는 물조리개나 샤워기를 이용하는 것이 좋다. 호수를 이용하거나 바가지를 쓸 수도 있겠지만 그럴 경우 흙이 어느 한쪽만 움푹 파여 뿌리 주변에 쓸데없는 공백을 만들 수도 있고 흙이 잎에 튀어 호흡에 방해를 주는 경우도 생긴다. 가장 좋은 방법은 위에서 잎이나 줄기를 젖게 해주는 것이다. 몇 리터씩 줘야 한다는 기준도 없다. 화분 아래로 물이 충분히 흘러 나오도록 주면 된다. 왜 물을 충분히, 비가 내리는 것처럼 주어야 할까? 너른 들판에서 자라는 식물을 생각하면 쉽다. 비가 흠뻑 내리는 날, 빗물은 잎사귀를 깨끗이 씻겨준다. 바람도 불어와 잎을 흔들어 잎에 붙어 있는 더러운 것들을 털어낸다. 물론 집에 사는 식물들은 손이 없으니 그 역할을 우리가 해주는 거다. 바람 대신 선풍기도 틀어주면서.

세 돌이 안 된 아이들은 하나부터 열까지 손이 간다. 옷도 입혀줘야 하고 손으로 먹는지 발로 먹는지 아무튼 뭘 먹고 나면 손과 발, 얼굴에 치덕치덕 묻은 것들을 엄마가 일일이 씻기고 닦아주어야 한다. 그러나 그것도 세 돌이 지나면 조금 나아진다. 식탁 밑으로 떨어진 음식도 줄어든다. 3년이 지난다고 식물들이 스스로 물을 틀어 제 잎을 샤워하듯 씻어 내고 흙 위로 물을 부을 일은 절대로 일어나지 않겠지만 그래도! 그들이 목이 마른지 아닌지 정도는 거뜬히 알아맞출 수 있다.

물주기 3년
단기속성 5단계

1 | "3~4일에 한 번 꼬박꼬박 주지 마세요! 대신 손을 쓰세요"

화분 속에 손가락을 쑤욱 넣는 일은 사실 그리 쉽지 않죠. 하지만 식물에 물을 언제 줘야 하는지 가장 정확히 아는 방법은 바로 이 손가락법칙입니다. 화분에 두 번째 손가락을 쑥 넣었을 때 만져지는 끝 부분의 흙이 말라 있다면 겉 흙이 말랐다는 것을 의미합니다. 그러니 그때 물을 주면 되요.

반대로 아직 촉촉하다면 하루 이틀 있다 다시 손가락을 넣어 봅니다. 사실 이것만 해도 물주기 1.5년은 한 셈입니다. 그러니 흙 만지는 일에 겁내지 말아요. 의외로 기분이 꽤 좋답니다. 그래도 도저히 못하겠다면 나무 젓가락을 사용해 보세요. 젓가락을 넣었다 빼면 어느 높이까지 흙이 말라 있는지 눈으로 볼 수 있고 좀 큰 화분에 심긴 식물들의 물주기 체크할 때도 유용합니다. 주의사항은 뿌리랑 먼 곳에 넣어야 한다는 거에요. 너무 가까이 쑤시다간 뿌리가 다칠 수 있거든요!

한 번 넣는 게 어렵지 한 번 시작하면 자꾸 쑥쑥 넣어 보게 된다니까요.

오늘도 수고로운 일을 시작합니다

정상인 식물들의 잎은 꼿꼿하게 뻗어 있거나 45도를 유지하고 있어요. 반드르르 하고 색깔도 선명하죠. 목이 좀 마르다 싶은 식물의 잎은 아래로 슬슬 내려 갑니다. 이때는 상태를 보고 하루 참고 다음날 물을 주세요. 아! 목이 말라요! 하는 식물의 잎은 이미 아래로 45도 축 쳐져 있어요. 잎끝이 말라 있기도 하죠. 이땐 주저하지 말고 낮이든 밤이든 당장 물을 주세요. 그리고 물이 너무 부족한 식물들의 경우 이미 시들었을 가능성이 있어요. 저런! 한발 늦었습니다. 이런 식물들을 회복하는 데는 오랜 시간이 걸려요. 아니 어쩜 다신 살아날 수 없을지도 모르죠.

여기서 또 주의사항이 있습니다. 과습일 경우에도 잎이 마른답니다. 잎이 말랐다고 "어머 목마르구나?" 싶어 물을 계속해서 주면 과습으로 또 잎이 말라요. 그것도 모르고 우린 또 물을 주겠죠. 이건 식물을 두 번 죽이는 것과 같아요. 정말로 물이 부족해 시드는 식물들은 물만 줘도 금방 되살아나지만 과습으로 잎 마름이 있는 식물들은 다시 살려내기가 매우 어렵습니다.

과습에 꼭 주의하세요.(그래서 손가락 법칙은 필수!)

3 | "우리가 사계절 물 마시는 양이 다르듯 식물도 똑같아요"

봄에는 모든 식물이 성장을 하는 시기라 물을 많이 필요로 해요. 그래서 봄엔 특히 더 신경 써서 양을 조금 늘려 줍니다. 여름엔 사실 우리도 물을 가장 많이 마시지 않나요? 식물 역시 광합성도 많이 하고 한창 성장하는 시기니 사계절 중 물 소비도 가장 많죠. 여름 나라에 살고 있는 저는 그래서 매일이 바쁘답니다.(대신 비가 많이 올 땐 줄이세요) 가을은 서서히 물주기를 줄여 나가야 해요. 어떤 식물은 가을이 되면 겨울을 준비하며 성장을 멈추는 식물들도 있어요. 일종의 겨울잠을 준비하는 거죠. 그러니 물의 양도 확 줄여야 해요. 집에 있는 식물도 가을이 되면 낙엽이 지고 잎 색깔도 변한답니다. 겨울엔 많은 식물들이 휴면상태에 들어가요. 그렇다고 물을 완전히 먹지 않는 건 아니기 때문에 각각의 식물들의 상태에 맞춰 간격을 주면서 적당히 주세요.(물론 이놈의 '적당히'가 세상에서 가장 어려운 말인 것 같아요)

4 | "식물들의 잎수를 늘 체크 하세요"

아이들도 저마다 먹는 양이 다르죠. 우리 집 꼬맹이는 밥을 참 안 먹었어요. 밥이 뭐예요? 3살까진 돼지고기, 소고기는 입에도 안 댔는걸요. 신기하게도 네 살이 되던 어느 날부터

오늘도 수고로운 일을 시작합니다

고기를 먹더라고요. 다 때가 있나 봅니다. 식물들도 그래요. 뿌리가 많은 아이들은 잎도 많죠. '잎'이 많단 얘기는 그만큼 먹는 '입'이 많다는 말이에요. 이파리가 많으면 배출하는 물도 많고 먹는 물도 많다는 거죠. 반대로 잎 수가 적으면 그만큼 물 소비도 적겠죠. 그러니 물을 주는 기간도 차이를 둬야 해요. 우리 집에 있는 식물들 잎의 수를 관찰하는 습관을 들이세요. 또 꽃이 피거나 새로운 잎이 나기 시작할 때도 물 소비가 늘어요. 먹어야 할 식구가 늘어났는데 평소랑 똑같은 양으로 물을 주었다간 잎이 나기도 전에 시들어 버릴 거예요.

5 | "물 줄 때도 조금 여유를 갖고 화분에서 물이 내려가는 속도를 체크해 보세요"

화분에서 물이 내려오는 속도가 평소보다 느려지는 이유는 여러 가지가 있어요. 분갈이를 하며 흙을 너무 꼭꼭 다져서 그럴 수도 있고 퇴비 때문에 물구멍이 막혔을 수도 있어요. 또는 뿌리로 가득 차 화분이 작아져서 그럴 수도 있겠죠. 그럴 때 분갈이를 해 주거나 흙에 구멍을 여러 개 내어 물이 잘 내려갈 수 있도록 길을 열어 주는 것이 좋아요. 분갈이 할 때 너무 흙을 꼭꼭 다지지 마세요. 헐렁하게 해도 나중에 물을 주며 자연스럽게 다져진답니다.

물주기 3년의 결론은 관심이다. 작은 관심만 있다면 초록 초록 싱그러운 그들을 죽이지 않고 곁에 오래 두고 볼 수 있을 거라고 확신한다.

"여인초 잎은 크니까 물을 많이 필요로 할거야. 물을 주면 저 통통한 잎줄기에 가득 머금고 있겠지? 그러니 줄 때 가득 주고 너무 자주 주진 말아야겠다, 흙이 바짝 마를 때까지 기다렸다 줘야지." 이런 생각은 전문가가 아니어도 조금의 관심만 있다면 누구나 할 수 있다. 누군가는 아침에 물을 주고 또 누군가는 저녁에 물을 준다. 선택은 늘 그러하듯 본인이 하는 것. 아침이 좋으면 아침에 주고 바빠서 못 주면 저녁에 주면 된다. 단 방법과 시간은 일정하게 유지해줘야 한다는 게 중요한 포인트이다. 아이를 훈육할 때도 마찬가지다. 같은 일로 어떤 날은 혼을 내고 어떤 날은 안 낸다면 아이 입장에선 혼란스러울 수밖에 없다. 일관성은 어디에나 중요하다.

식물 하나 키우는 데 뭐 이리 복잡하냐고 묻는다면 할 말이 없지만, 나와 함께 이 집을 푸르게 물들이는 이 고마운 친구들이 어떻게 하면 잘 지낼 수 있을지 고민하는 일은 삶을 좀 더 생기 있게 만든다. 그리고 사실 그리 어려운 것도 아니다. 내 아이 얼굴 살피듯, 식물들 얼굴 한 번 살펴주기만 해도 이미 반은

했다. 물을 주며, 분무를 하며, 그 행위만 하지 말고 찬찬히 잎, 줄기, 흙 등을 관찰해 주자. 그 관심의 시간이 하나하나 모여 3년이 되었다면 그 다음부턴 어떤 식물이 와도 두렵지 않을 것이다.

그러고 보니 3년, 숫자 3은 '삶'이랑 소리가 똑같다.
뭐든 3년이 지나면 '삶'이 되나 보다.

우리에겐 만국 공통의 어린 시절 추억이 있다.

"옷은 무조건 한 치수 크게!"

오래 입어야 한다며 한 치수 아니 두어 치수 크게 산 옷을 힙합가수 마냥 어벙벙하게 한 계절을 입고 그 다음 해 같은 계절 훌쩍 커버린 몸뚱이 때문에 팔은 짧고 다리는 안 들어가는… 그러다 결국 동생에게 물려줘야 했던 일명, '돈 아끼다 똥 되어 버린 추억' 말이다. 시기와 크기에 알맞은 옷을 입었을 때 가장 예쁘다는 사실을 엄마가 된 지금도 모르는 게 아닌데 '큰 옷 사서 오래 입히자!'는 고대 명언 같은 불변의 '엄마법칙'을 쉽게 떨쳐 내기가 여간 쉽지 않다.

식물도 다를 것이 없다. 그들이 살아가는 데 필요한 물의 양은 정해져 있는데 주인은 그것도 모르고 나중에 커질 걸 대비해 무조건 큰 화분에다 척!하니 심어놓는다. 나의 소중한 식물이 필요한 만큼의 물을 다 먹고도 흙속에 남아 있는 물기 때문에 결국 과습으로 죽어 버리게 될 거란 사실은 까맣게 모르고 말이다. 그리고 그런 일은 매우 빈번하게 일어난다.

어린 시절 엄마가 베란다에 키우던 식물들은 보통 반들반들 광택이 나는 하얀색 도자기분에 심어져 있었다. 그리고 그 속에 인도 고무나무가 하얀 도자기에 반사되어 번쩍번쩍 빛을 내곤 했다. 엄마는 왜 도자기분을 좋아했는지, 황토색의 사다리꼴 모양의 토분은 왜 잘 사용하지 않았는지 궁금했던 적은 한번도 없었다. 다만 햇살에 반들거리던 하얀색 도자기와 초록 잎들이 하늘거리던 어느 여름날 아침, 앞치마를 멘 엄마가 그들 옆에 꽤 오랜 시간 앉아 있었던 기억이 흐릿하게 남아 있을 뿐이다. 그때 우리 엄마는 웃고 있었을까? 아니면 울고 있었을까? 나는 엄마가 되고 나서야 지금 내 나이 언저리 어떤 날의 엄마를 만난다. 그리고 생각보다 그런 일 또한 매우 빈번하게 일어난다.

요즘은 다양한 화분들도 많고 포트만 잘 활용해도 인테리

너에게 딱 맞는 화분을
골라 줄게!

건조한 흙을 좋아하는 식물은 화분의 높이가 비교적 낮고
크기도 작은 것이 좋습니다. 줄기를 뻗어 길게 자라는 식물
에겐 높이가 있는 화분이 좋고요.

모든 것은 관심에서 시작됩니다. 내가 키우는 식물의
특성을 조금이라도 알게 된다면 적절한 화분을 선택하는 것
도 어렵지 않습니다.

도자기 화분은 물 마름이 상대적으로 좀 더딘 편이지만
우아하고 고급스러운 분위기라 분재, 난, 야생화 등에 자주

오늘도 수고로운 일을 시작합니다

사용됩니다.

토분은 숨을 쉬는 재질이라 물 마름이 도자기보단 빠르지만 물을 자주 주는 식물을 심었을 경우 화분 표면에 이끼가 낄 수 있다는 단점이 있지요. 물론 그런 모습까지 좋아할 수도 있습니다.

플라스틱은 가볍고 분갈이도 수월한 편이라 일단 초보자들이 사용하기 좋아요. 특히 크고 무거운 식물들을 실내에서 키울 경우 이동하며 물주기가 힘들 수 있으니 플라스틱 화분을 사용하고 라탄으로 된 바구니 안에 넣어 인테리어 효과를 낼 수도 있습니다.

사실, 화분의 틀은 정해진 것이 없습니다. 각자의 개성에 맞게 옷을 입듯 식물들도 저마다의 개성을 입혀 주시면 됩니다. 먹다 남은 쿠키통이나 패트병 밑에 구멍을 뚫고 고사리를 심어 줄 수도 있고 콘크리트분에 물에 잘 지워지지 않는 아크릴 물감으로 그림을 그려 사용할 수도 있습니다.

어 효과를 볼 수 있으니 화분의 선택은 식물 키우기의 또 다른 재미이기도 하다. 개인적으론 토분을 좋아하지만 그렇다고 플라스틱이나 도자기분이 식물에게 나쁜 것은 절대 아니다. 공기가 안 통하는 거 아닐까? 그래서 내가 자꾸 식물을 죽이는 건 아닐까? 이런 생각들은 접어 두어도 좋겠다. 물을 잘못 주어서 실패 하는 경우는 있어도 화분의 재질 때문에 식물을 죽이는 경우는 거의 없다. 모든 식물은 대부분 뿌리보단 잎으로 호흡하기 때문에 어떤 화분을 쓰더라도 식물의 호흡에 문제가 생기는 건 아니다. 알맞은 햇빛과 통풍, 물주기만 잘 해준다면 어느 화분에서도 식물은 무난히 성장한다.

식물 초보였을 때 몬스테라를 무조건 크게 키우고 싶은 마음에 어른 손 바닥만한 잎 4개 달린 아이를 세숫대야 만한 토분에 옮겨 심었다. 영 기운이 없고 자꾸 축축 처지길래 다른 화분에 심어봐야지 하는 마음에 식물을 꺼내 보니 그리 자주 물을 준 것도 아닌데 흙이 축축하게 수분을 가득 머금고 있었다. 아마도 제 몸집에 비해 큰 옷이었던 모양이다. 몬스테라는 적당한 크기의 화분에 옮겨 주고 나서야 생기를 되찾았다. 또 한번은 줄기가 굵은 어린 몬스테라를 원래 것 보다 깊이가 있는 토분으로 바꿔 주었다. 그랬더니 일주일 만에 새 잎을 두 장이나 내었다. 몇 달을 조화처럼 성장이 멈춰 있었는데 말이다. 혹시 반려식물이 물도 잘 주고 통풍도 잘 되는 곳에 놓아 두면서 해도 잘 보여주는데 이상하게 시름시름 앓고 있다면 화분 안으로 손가락 하나를 쑤욱 넣어보자. 물 준 뒤 일주일이 지났음에도 화분 속이 계속 축축하다면 분명 살고 있는 집(화분)에 문제가 있는 것이 틀림 없다. 그럴 땐 과감하게 그 집에서 한시라도 빨리 그들을 구출해 주자!

인간도 각자의 마음그릇 크기가 정해져 있다.

아이가 컵에 우유를 찰랑찰랑 넘칠 만큼 따랐다. 금방이라도 쏟아질 것 같아 "안돼! 그만해!" 라고 한 번 아니 여러 번 말했다. 아니나 다를까. 아이는 결국 우유 컵을 떨어트렸다. 거실 바닥은 온통 우유 범벅이 되었고 내 마음 그릇에 찰랑찰랑 넘칠 것 같던 인내심도 사방에 튄 우유만큼 폭발해 버렸다. 아이는 한참을 울었다. 그리고 나는 꽤 오랜 시간 화가 풀리지 않는다. 아이를 그렇게 한바탕 울리고 쭉 뚱해 있는데 구석에서 혼자 뭔가를 그리더니 주저하며 다가와 나에게 내민다. 그림 속엔 왕방울 만한 눈물이 달리고 마음이 까맣게 칠해진 작은 여자 아이가 있다. 이게 누구냐고 물으니 울고 있는 본인이라며 울먹인다. 먼저 손 내밀어 준 아이가 고마워 울고 있는 그림 속 여자 아이 옆에 아이를 꼬옥 안아주는 나를 그려 슬쩍 내밀었다. 그리고 잠시 뒤 아이는 바로 옆에 심장이 핑크색으로 꽉 채워진 자신을 그려서 다시 가져 왔다. 이 작은 그림 하나로 나도 아이도 마음이 정말로 핑크색이 되었다.

흘린 우유는 닦으면 그만이고 앞으로 조심하라고 주의를

주면 될 일인데 나는 쪼그리고 앉아 사방에 튄 우유를 닦아야
하는 수고스러움에 화를 냈다. 내 마음 그릇은 아이의 것보다
한참 작다. 문득 내가 다른 사람들 마음 그릇 크기에 맞지 않은
말들을 쏟아내어 그들의 마음을 과습으로 죽인 적이 얼마나 많
았을까 되돌아본다. 그리고 나 스스로에게도 묻는다. 지금 내
게 맞는 옷을 입고 살고 있는지, 너무 과하거나 욕심을 부리며
살고 있는 건 아닌지…. 단지 식물을 키울 뿐인데 그들은 오늘
도 나에게 수많은 질문을 던지고 천천히 답을 준다.

제 수명 다 할 때까지

20, 30대의 대부분을 숲과 어린이를 생각하며 살았다. 일하며 만났던 분들과 한동안 환경에 관련된 일들을 함께 한 적이 있다. 지금까지 만난 사람들 중 나에게 가장 큰 영향력을 준 분들이었는데 독일에서 10년 넘게 살다 오신 부부로 환경과 숲 교육에 관련된 일들을 주로 맡아 하셨다. 그분들과의 인연으로 독일의 환경 자연국(우리나라로 치면 환경부나 산림청 같은 곳)이 위치한 독일 북부 필름VILM 섬에 가 본 적이 있다. 그곳에는 짧게는 몇 백 년, 최대 몇 천 년을 산 나무들이 원시림을 이루며 '제 수명 다 할 때까지' 살고 있다.

성인 남자 서 너 명이 두 팔을 벌려 둘러 안아도 부족할 만큼 커다란 나무들이 숲을 가득 채우고 있는데 벼락을 맞아 죽거나, 죽은 나무 위로 다른 나무가 쓰러져 뒤엉켜 있다 해도 인간이 함부로 그것들을 베어 버리거나 치울 수 없다. 그곳의 나무들은 나고 사라짐의 모든 순간을 온전히 그들 스스로 결정하고 책임진다. 그 원시림은 생태계의 전형적인 원칙이 너무나도 잘 지켜지고 있었다. 그곳에서 온전히 제 수명 다 할 때까지 살아가는 나무들을 보며 진한 감동을 받았다.

죽은 나무 기둥은 곤충들과 벌레, 크고 작은 동물들의 집이 된다. 살아 남은 벌레들은 새들의 먹이가 되고 죽은 나무를 집으로 삼는 동물들의 배설물은 그 주위에 떨어져 또 다른 식물들이 자라날 수 있는 기회를 제공한다. 나무는 자신들의 수명을 다 하고 난 뒤에도 끊임없이 자비를 베풀고 있었다. 세상에 이처럼 완벽하고 아름다운 재활용 시스템에 또 있을까? 어느 과정 하나 버릴 게 없었다. 그리고 그곳의 나무들과 수많은 미생물들은 오늘도 여전히 이 인류를 안전하게 지켜내기 위해 제 할 일을 묵묵히 하고 있을 것이다.

식물을 좋아하는 사람들의 이야기를 들어 보면 그들을 식물의 세계로 이끌어 준 자신만의 '첫 식물'이 있다. 향기에 끌렸다거나 잎 모양 또는 독특한 수형에 반했다거나 사연들도 가지각색인데 나에겐 그 첫사랑 같은 나무가 바로 '올리브 나무'다.

오늘도 수고로운 일을 시작합니다

천 년을 산다는
올리브 나무

사계절 푸르른 것도 모자라 봄에는 꽃을 피우고 가을에는 열매까지 맺는, 버릴 것이 하나도 없는 나무가 있습니다(열매를 맺지 못하는 품종도 있음). 누구나 한 번 매력에 빠지면 헤어 나올 수 없다는 마성의 나무, 올리브! 올리브 오일은 수천 년 전부터 요리에 쓰였고 그 기름을 이용해 종교 의식을 행하거나 등불을 밝힐 만큼 귀하게 여겨왔지요. 오랜 신화 속에도 올리브 나무는 자주 등장합니다. 에덴의 동산에서 추방당한 아담이 죽어 땅에 묻힐 때 천사가 내려와 속죄의 열매 씨앗 세 개를 주었는데 그 씨앗을 입에 넣고 매장했더니 무덤에서 사이프러스, 향나무, 그리고 올리브 나무가 자라났다는 이야기가 있습니다(참고: 《식물 이야기 사전》, 찰스 스키너). 올리브 나무는 평화와 우정의 상징이기도 한 동시에 '속죄와 용서의 나무'이기도 한 거죠.

고향이 지중해라 해를 좋아합니다. 집에서 가장 빛이 잘 드는 창가에 놓아 주세요. 추위에도 강한 식물입니다. 물이 부족하면 잎이 동그랗게 말리고 과습이면 잎 끝이 갈색으로 바뀌어요. 가지치기로 자신만의 올리브 나무도 만들 수 있습니다. 무엇보다 창가에 들어온 햇살을 잎사귀 위에 살짝 걸쳐 놓았을 때가 하루 중 가장 예쁘답니다. 그 예쁨을 놓치지 마세요!

앙상하고 마른 가지에 옹기종기 붙어 있는 작은 잎들이 귀엽다. 조금 떨어져 보면 잎들이 두 팔을 벌리고 으쌰으쌰 하고 있는 모양인데 그 모습마저 귀엽다. 잎 앞면은 펄감이 있는 진한 녹색인데 뒷면은 무광택 은빛을 띄는 묘한 반전 매력도 좋다. 척박한 환경에서 천 년을 살며 사람들에게 열매와 기름을 끊임없이 베푸는 선함도 좋고 스스로 빛을 내는 자신감 있는 모습도 마음에 들었다. 그냥 첫눈에 반했다고 해 두는 편이 좋을 것 같다.

스물다섯, 대학 졸업 후 입사했던 첫 회사 첫 출근 날, 강남역 근처 한 화원에서 핑크색 화분에 곱게 심겨진 작고 귀여운 올리브 나무를 샀다. 그리고 책상 위에서 볕이 가장 잘 드는 곳에 내려 놓으며 반짝이는 미래를 빌어보는 나만의 의식을 치렀다. 이 나무의 성장이 곧 나의 성장일 것만 같아서 얼마나 애지중지 키웠는지 모른다.

그러나! 당당하고 씩씩하게 시작했던 나의 첫 사회 생활은 그리 호락호락 하지 않았고 잦은 야근과 스트레스로 비실거렸던 내 상태처럼 나의 올리브도 결국 작은 이파리를 하나씩 떨구다 세 달 만에 뿌리가 썩고 말았다. 나는 그 뒤 세 번 더 올리브 나무를 키웠다. 물 말림과 과습, 이유 모를 시드름병으로 결국은 다 죽이고 말았다.

키우기 그리 어려운 식물도 아니었는데 자꾸 죽어 버리니 그 다음부턴 올리브는 나에게 '키우면 안 되는 나무'가 되어버렸다. 그간 죽인 식물이 한 두 개도 아닌데 유독 이 나무에게 집착이 생겼다. 한참을 잊고 지내다 신혼여행지에서 올리브 나무를 다시 만났다. 스페인 네르하에서 그라나다로 이동하던 버스 안이었는데 은빛 바다가 끝없이 펼쳐진 대지 위에서 올리브 잎들은 태양빛을 받아 넘실넘실 윤슬을 일으키고 있었다. 왜 하필 그때, 책상 위에 떨어진 올리브 나뭇잎이 떠올랐는지 모르겠지만 가끔 그렇게 올리브 나무가 생각나곤 했다.

자카르타 어느 식물 가게 구석에서 올리브 나무를 보았을 때도 나의 첫 올리브를 떠올렸다. 덜컥 사 올 수도 있었겠지만 그러지 않았다. 똑같은 실수를 반복하고 싶지 않았고 내가 키우면 또 죽게 될까 무서웠다. 그런데 오늘 마치 선물처럼 작은 올리브 나무가 우리 집에 왔다. 단골 식물 가게 사장님이 작은 올리브 묘목 하나를 껴서 보내 주셨는데 전체 높이가 15센티미터도 안 되는 작은 묘목이다. 밥풀 같은 잎은 다 해서 서른 개 정도밖에 안 된다. 아이와 나는 쪼그리고 앉아 어린 올리브 나무를 한참 바라봤다. 그리고 이리 어여쁜 나무를 자꾸만 죽였던 슬픈 과거 이야기도 들려 주었다. 이번에는 오래오래 같이 살고 싶다고, "건강히 잘 키워서 우리 딸 결혼하면 선물로 줄게!"라고 호기롭게 약속도 해버리고 말았다. 내 이야기를 다 듣고 난 아이는 '엄마 나무'라는 이름을 적어 꼬마 올리브 화분에 걸어 주었다.

신기하게 우리 집에 우연히 온 녀석은 내 첫 올리브 나무를 닮았다. 잎에서는 반짝반짝 빛이 나고 벽에 걸어 둔 액자 속 올리브 나무 잎사귀와도 잘 어울린다. 이번에는 죽지 않고 '제 수명 다 할 때까지' 잘 키우고 싶은데 여전히 애 앞에만 서면 얼음이다. 물을 당장 줘야 할지, 조금 참았다 줘야 할지, 해 잘 드는 곳에 밀어 놓았다가도 잎이 탈까 금세 다시 들여 놓는다. 아이를 한번 키워 봤다고 둘째 아이 키우기가 쉬운 것이 아니듯 '살아 있는 것을 기르는 일'은 매번 또 이렇게나 어렵다. 알면 덜 무섭다는데 알아서 더 겁날 때가 많다. 식물과 삶은 그런 의미에서 참 비슷하다.

오늘도 수고로운 일을 시작합니다

요즘 반려라는 말을 많이 쓴다. 반려동물, 반려식물, 짝이 되는 동무. 나와 짝이 되는 식물을 하나 고르라고 하면 망설임 없이 올리브 나무라고 말할 것이다. 천 년을 산다는 나무, 먼 훗날 내가 죽어도 아이 곁에 있어 줄 나무, 다시 아이가 지금의 내 나이가 되더라도 함께 늙어 곁을 지켜 줄 나무다. 오랜 시간 나와 함께 했던 말 없는 이 나무가 내가 이 세상에 없는 날에도 살아 있다면 남아 있는 사람들에게 내 이야기를 전해 줄 수 있었으면 좋겠다. 흙의 냄새로, 부딪히는 잎사귀의 바스락거리는 소리로.

Chapter 2

너는 나의 봄이다:
아이와 식물
그리고 나

봄이 왔나 봄

일 년 내내 여름인 나라에 살며 사계절을 소소하게 느낄 수 있는 건 바로 SNS 덕분이다. 한국에 있는 친구들과 가족들이 보내주는 눈사람 사진으로 겨울을 나고, SNS 속 피드들에 등장하는 산수유, 청매화, 수선화와 온갖 봄꽃들로 '아 봄이 왔구나!'를 느낀다.

들풀이나 모든 야생화의 이름을 다 아는 건 아니지만 식물에 관심이 많다 보니 보통 모르는 풀들은 일부러 사진을 찍고 검색을 하거나 도감을 찾아 보는 편이다. 그럼에도 머리속에 콕 박혀 오래도록 기억하고 있는 몇몇의 들풀이 있다. 그중 하나가 바로 '개불알꽃'.

매년 겨울의 정점을 찍는 추위를 맛볼 때면 영원히 봄은 오지 않을지도 모른다는 생각을 한다. 그러나 어김없이 땅은 녹고 기가 막히게 풀들은 싹을 틔우고 꽃을 피운다. 이제 막 녹은 땅을 뚫고 올라와 얼굴을 내민 여러 들꽃들을 보며 "아! 봄이다!"라고 소리치며 나도 같이 기운을 차리고 새 계절을 준비한다. 친구가 보내준 오늘의 들꽃을 보고 있으니 한국의 봄이, 그 계절에만 느낄 수 있는 설렘이 유난히 더 그립다.

3월이 되면 따뜻한 남쪽 지역부터 들판 여기저기서 파랗고, 하얀 색의 동글동글하고 귀여운 얼굴을 한 꽃들이 보이기 시작한다. 그런데 이 녀석! 이름이 참 얄궂다. 열매가 개의 음낭을 닮았고 두 개의 수술이 위로 꼿꼿하게 서 있다고 하여 '(큰)개불알꽃'이란 이름으로 불린다. 개불알꽃, 선개불알꽃, 큰개불알꽃이 있고 속명은 베로니카veronica persica다.

꽃 안쪽의 동그랗게 그려진 줄무늬가 마치 베로니카 성인의 손수건 속 광배(성인의 그림 뒤에 표현되는 원형의 빛 줄무늬)가 빛나는 예수님의 얼굴로 보인다고 해서 유럽에서 부르는 이름이다. 영어로는 버드아이Bird Eye라고 부른다. 아마 수술 두 개가 새의 눈처럼 보여 그리 부르는 모양이다. 성인의 이름에서 유래된 이 꽃이 개불알꽃이라고 불리게 된 이유는 19세기 아시

아로 넘어 오면서 일본어 표기를 그대로 번역해 불렀기 때문이다.(참고:《한국식물생태보감1》, 김종원 지음)

이유야 어찌되었든 20년 전 처음 들었던 이 야생화의 이름을 여전히 기억하고 있고 그때와 똑같이 (비록 사진이지만) 그것을 보면 봄을 느낄 수 있다.

> 아무도 꽃을 보려 하지 않아. 정말이야. 꽃은 너무 작고 사람들은 시간이 없지. 친구를 사귀는 데 시간이 걸리는 것처럼 꽃을 보는 데도 시간이 걸려. Nobody sees a flower. Really. it is so small it takes time. we haven't time and to see takes time, like to have a friend takes time.
>
> ─ 조지아 오키프Georgia O'Keeffe

평생 꽃과 뼈, 사막을 그리던 미국의 화가가 있다. 조지아 오키프, 나는 들풀과 야생화를 볼 때마다 그녀의 말들을 떠올린다. 그녀는 꽃을 크게 확대해서 그린 여성 화가다. 그녀의 꽃과 그림들을 보며 생각한다. 그녀가 그리고 싶었던 것은 어쩌면 그냥 꽃이 아니라 세상의 모든 힘없는 존재가 아니었을까. 그녀의 꽃에는 작아서 지나치기 쉽고, 강한 힘에 순간적으로 꺾여 버릴 수밖에 없었던 연약한 사람들이 있다. 아름답고 향기롭지만 짧은 운명을 타고난 꽃이 약한 자들을 대변해 주고 있는 것처럼 느껴지기도 한다.

그녀가 꽃을 바라보는 시선이 좋다.

내가 만약 꽃을 거대하게 그려낸다면, 사람들은 놀라서 그 아름다움을 절대 무시할 수 없을 거라 생각합니다. 그리고 그것을 더 자세히 바라보기 위해 시간을 낼 것입니다. 손에 꽃을 들고 자세히 봐 주세요, 그 순간, 그것은 당신의 세계가 됩니다.

— 조지아 오키프

봄이 왔다.

길을 걷다 우연히 이름 모를 들꽃을 만났다면, 잠시 시간을 내어 다가가 가까이 들여다 보았으면 좋겠다. 혹시 아세요? 그 안에 살고 있던 요정이 나타나 당신의 봄을 광배처럼 밝혀줄지도 모르죠!

아이는 나를 두루 살핀다. 내가 아이를 살펴도 모자랄 판에 아이가 나를 살피고 있음을 느끼면 조금 미안해진다. 아이를 낳고 2년 후 둘째를 임신했다. 첫 아이는 두 번의 유산 끝에 찾아온 아이라 임신기간 내내 걱정을 달고 살았었다. 그런데 두 번째 임신은 이상하게 입덧도 없었고 첫째를 신경 쓰느라 그리 큰 걱정 한 번을 안하고 몇 주의 시간이 흘러갔다. 너무 신경 쓰지 못했던 것이 문제였을까? 임신 7개월, 나의 두 번째 아이는 왔던 곳으로 다시 돌아가 하늘의 별이 되었다. 첫 아이를 생각해서 큰 소리로 울어 본 적이 없다. 몰래 우는 것을 아이에게 몇 번 들키긴 했다. 아니면 일주일 넘게 나와 남편이 병원에 있느라 할머니와 혼자 지낸 시간이 기억나선지 아이는 내가 아프다는 말에 지금도 꽤 민감한 편이다. 목구멍에 음식물이 걸려 눈물 쏙 빠지게 기침을 한다거나 친정 엄마가 보고 싶다며 5살 아이 앞에서 5살 아이처럼 훌쩍거릴 때도 아이는 눈을 동그랗게 뜨고 나를 살핀다. 그리고 조심스럽게 다가와 찹쌀떡 같이 부들부들한 볼을 내 볼에 비비며 그 작은 품을 나에게 한껏 열어 준다. 아이의 작은 손과 보드라운 볼, 말랑한 어깨가 내 몸 어딘가에 닿으면 신기하게 나는 모든 것이 또 괜찮아진다. 이것은 마치 영화 '아바타' 나비족 꼬리가 자연의 스냅스와 연결될 때와 비슷한 느낌일지도 모르겠다. 보이진 않지만 몸 안으로 빛나는 전류가 흐르고 야광 불이 반짝인다. 아이와 내가 '연결되는 시간'이다.

친정 엄마는 (나처럼) 잔정이 넘치거나 애교 있는 스타일이 아니시지만 내가 힘들어 할 때마다 항상 '밥'을 챙겨 주는 것으로 당신의 마음을 전하곤 하셨다. 남자친구와 헤어지고 돌아왔던 날도, 취업 최종 탈락 문자를 받았던 날도 나는 어김없이 내 방 문을 부서져라 쾅! 닫고 들어갔다. 그럴 때마다 엄마는 언제나 식탁 가득 음식을 차려두고 "나와서 밥 먹어" 하고 말씀하셨다. 문을 쾅 닫던 날의 반찬은 항상 내가 좋아하는 것들로 가득 차 있었지만 나는 한번도 그 음식들을 따뜻할 때 제대로 먹어본 적이 없다. 물론 그땐 아는 척 하지 않았지만 엄마가 나를 살피고 있다는 것쯤은 눈치로 알 수 있었다.

만약, 엄마가 아무 말 없이 다가와 꼬옥 안아 주는 말랑한 성격을 가지고 계셨다면 내가 좀 더 빨리 그 방 안에서 나와 식탁에 앉을 수 있었을까? 방구석에 앉아 훌쩍이며 '나중에 엄마가 되면 꼭 울고 있는 아이를 꼭 안아줘야지'라고 생각했던 것 같기도 하다. 하지만 나도 우리 엄마가 그랬던 것처럼 그저 아이가 좋아하는 고등어를 굽고 "나와서 밥 먹자!" 라고 말하는 엄마가 될 것만 같다. 물론 아이는 "안 먹는다고! 그냥 내버려 두라고!" 소리 지를 것이다. 그날의 나처럼. 그럼 나는 한참을 식탁에 앉아 기다리겠지. 오래도록 나오지 않는 아이의 방문을 바라보며 조용히 유리통에 반찬을 담고 "식었으니 데워 먹어" 라고 쓴 메모를 뚜껑에 붙일 것이다. 그날의 우리 엄마처럼.

오래도록 엄마에게 투정 부리는 철없는 딸이고 싶은데 그때의 엄마가 나를 살피던 시간과 지금 내 아이가 나를 살피는 시간이 오버랩되며 자꾸만 철이 든다.

자연은 말로 표현할 수 없이 순수하고 자애로워서 우리에게 무궁무진한 건강과 환희를 알려준다.
그리고 우리 인류에게 무한한 동정심을 가지고 있기 때문에 만약 어떤 사람이 정당한 이유로 슬퍼한다면 온 자연이 함께 슬퍼해 줄 것이다. 태양은 그 밝음을 감출 것이며 바람은 인간처럼 탄식할 것이며 구름은 눈물의 비를 흘릴 것이며 숲은 한여름에도 잎을 떨구고 상복을 입을 것이다.

— 헨리 데이비드 소로우, 《월든》(은행나무, 2011) 중에서

자연을 사랑하는 사람들이 사랑하는 책, 헨리 데이비드 소로우의 《월든》. 28살의 젊은 청년이 하버드대를 졸업하고 월든이란 호숫가에서 2년간 살며 느낀 것들을 담은 책인데 내가 가진 '월든'도 거의 모든 페이지에 밑줄이 그어져 있다. 그중 특히 이 부분을 좋아한다.

조금 황당한 이야기로 들릴 수 있을지 모르지만 나는 오래산 나무를 만나면 두 팔로 그 나무 기둥을 감싸 안는다. 그 안의 엄청난 미생물들과 과학적으로 설명할 수 없는 어떤 기운들이 뿌리로 이어져 그 땅을 밟고 있는 내 몸속까지 전해질 것만 같다. 아무도 알아 주지 않는 괴로움을 자연에 존재하는 그 수많은 것들 중 하나는 알아 줄 거란 믿음! 내가 우울하면 구름이 몰려오고 내가 울면 비가 온다. 이 말도 안 되는 믿음 때문에 지난 삶의 힘든 순간들을 버틸 수 있었다.

식물을 키우는 일이 단순히 집을 꾸미기 위한 수단이 아니

란 사실을 그들을 일주일만 키워봐도 알 수 있다. 그들은 살아 있기 때문이다. 눈꺼풀이 한없이 무거운 피곤한 아침, 누워 있고 싶지만 꾸역꾸역 일어나 커튼을 젖히고 창문을 연다. 밤새 축 처진 잎들을 모른 척 할 수 없어 물을 주고 오늘따라 유난히 반짝거리는 이파리 위 물방울도 가만히 바라본다. 흔들흔들 그네를 타다 잎 끄트머리에 동그랗게 모인 물방울이 꼭 유리 구슬 같다. 참 예쁘다.

이런 내 모습은 모든 아이 엄마들의 행동 패턴과도 닮아 있다. 비가 오나 눈이 오나 바람이 부나 엄마는 아이들을 위해 몸을 일으킨다. 한없이 누워 있고 싶지만 배고프다고 1절부터 10절까지 노래를 부르는 아이를 굶길 수 없다. 그리고 일어난 순간부터 하루 종일 분주하게 몸을 움직인다. 고단하지만 아이의 귀여운 애교와 어설픈 몸짓, 반짝거리는 눈망울을 보면 또 그렇게 예쁘다. 살아 있기 때문에 우리는 그들의 그 여린 삶을 유지할 수 있도록 보살펴야만 한다.

애써 살피지 않으면 시든다. 아이도 그렇고 나도 그렇다.

한 두 개의 식물이어도 좋다. 그러니 지금 당장 자연과 연결되는 시간을 만들자. 그들을 살피며 표정을 읽어내는 것. 그것이 연결의 시작이다. 그리고 연결 스위치가 탁! 켜지는 순간

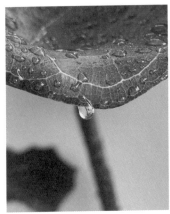

당신은 알게 될 것이다. 식물을 살피고 돌보는 일이 결국은 나를 돌보는 일임을.

그 시간은 또한 당신을 더 큰 세계로 연결시켜 집 밖의 식물과 자연도 살피게 만들 것이다.

식물을 키우며 나는 자주 웃는다.

이제 당신도 많이 웃었으면 좋겠다.

산책의 발견:
사계절 낭만수집

"봄에는 숲에서 작은 봉우리 생기는 꽃들을
숨바꼭질하듯 찾아 봐야지,
여름엔 그림자가 길게 늘어진 나무 아래에서
하늘을 올려다 보아야지,
가을엔 솔방울과 낙엽을 주워, 색깔별로 또는 크기별로
손수건 위에 놓아 봐야지,
겨울엔 소나무 잎 넣어 얼린 얼음을
나뭇가지에 대롱대롱 매달아 봐야지."

자연교육과 공간에 대해 배우고 고민했을 때, 훗날 나에게
도 아이가 생기면 꼭 같이 해봐야지 했던 것들이 있었다. 너무
당연하게 할 수 있을 거라 생각했던 것들이 일 년 365일 더운

이 나라에선 여름놀이를 제외하곤 챙겨 하기가 참 어렵다. 아이와 사계절을 느끼며 그 변화를 몸으로 흠뻑 느낄 수 있다는 것은 어쩌면 축복이다. 이곳 아이들은 가을과 겨울을 책으로 배운다. 산 전체가 울긋불긋한 페인트를 쏟아 부어놓은 것처럼 얼마나 알록달록하고 예쁜지, 바삭바삭한 색깔별 낙엽들을 밟는 소리가 얼마나 경쾌한지 알지 못한다. 아무도 밟지 않은 하얗게 쌓인 눈 밭에 처음으로 발자국을 찍는 일이 얼마나 짜릿한지, 밟을 때 나는 뽀드득 뽀드득 소리는 또 얼마큼 재미있는지 아무리 설명해 주어도 알 도리가 없다. 차가운 눈을 박박 긁어 모아 손바닥으로 꽁꽁 뭉쳐 눈사람 만드는 걸 가장 해보고 싶다는 아이의 소원을 올 겨울에는 이루게 해줄 수 있을지 모르겠다.

아이들과의 산책 속도는 더디다. 한두 걸음 갔다 풀썩 주저 앉아 개미를 볼 때도 있고, 또 한 걸음 가다 조르륵 옆길에 앉아 작은 돌을 줍기도 하니까. 성별과 연령에 따라 그 속도의 차이는 있겠지만 기본적으로 아이들에게 산책길은 공짜 장난감 가게 정도 되는 모양이다. 아이가 걸어서 10분 이상의 산책을 할 수 있게 된 후부터 산책가방을 하나 마련해 주었다. 무엇이든 맘에 드는 건 그 가방 안에 담을 수 있도록 말이다. 그중 거의 대부분은 쓰레기일 테지만 아이에겐 세상에서 가장 소중한 보물들이고, "엄마랑 함께 했던 그날의 시간"이다. 부모는 다만 아이의 산책 가방에서 그 낭만을 기억해주면 된다.

4살 아이와 산책

아이에게 산책용 자연물 수집가방을 만들어 주세요.
산책이 더 즐거워집니다.

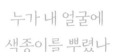

누가 내 얼굴에
색종이를 뿌렸나

한 계절을 오랫동안 본다는 건 때론 시간 감각을 무뎌지게 한다. 계절의 변화가 몸으로 체감되어야 한해가 가는 것을 인지하는데 사계절을 하나로 보내다 보니 시간이 가고 있는지, 해가 바뀌는지 전혀 감이 없다. 그래서 동남아시아에 오래 사신 분들은 우스갯 소리로 이런 말을 하신다.

"계절이 하나라 좀 덜 늙어!"

그도 그럴 것이 추운 겨울이 지나고 다시 봄이 와야 '아, 올해도 이렇게 가는구나. 또 한살을 먹는구나'라고 할텐데 그런 걸 느낄 수가 없으니 나는 이곳에서 언제나 청춘이다.(실제로 건조한 겨울을 겪지 않아 주름도 덜 생기는 것 같은 기분이고…)

어쨌든 이런 이유로 우리나라에서 여름 몇 달 반짝 볼 수 있는 식물을 이곳에선 일 년 내내 볼 수 있다. 그 중 하나가 바로 칼라디움이다. 늘 푸른 소나무도 아니고 칼라디움을 일 년 내내 보니 정말로 계절 감각이 더 없다. 알뿌리를 가진 이 식물은 한국에서 백합처럼 겨울에 월동을 시킨 후 다음해 여름까지 볼 수 있는 대표적인 '한정판 여름식물'이다. 잎의 색이 너무도

하나님의 심장의 불리는 식물,
칼라디움

웬만한 꽃보다 화려한 얼굴을 자랑하는 칼라디움은 정말 예뻐요. 어떤 식물 어플에서 칼라디움에 관한 전설을 본 적이 있습니다. 그림 그리기와 꽃 만드는 것을 주로 하던 신들이 각각 취향에 맞게 꽃에 그림을 그렸는데 너무 아름다운 나머지 오랫동안 간직하기 위해 패턴으로 만들었고 그것이 진화되면서 잎의 모양으로 바뀌었다는 이야기입니다. 그냥 이 전설을 재미로만 받아 들이기엔 칼라디움 각각의 잎 모양이 정말 기가 막힙니다. 이런 전설 하나쯤 갖고 있어야 이해가 가는 외모거든요.

너는 나의 봄이다: 아이와 식물 그리고 나

칼라디움은 물도 좋아하고 해를 충분히 봐야 무늬가 선명히 유지됩니다. 키우기 그리 어려운 식물도 아니고 새로운 잎도 끊임없이 보여주는 순한 식물이죠. 키우다 잎들이 다 죽어 버린 것 같아 보일 때도 알뿌리를 꺼내어 무른 부분을 정리하고 말린 뒤 다시 심으면 또 튼실한 줄기와 잎이 나옵니다. (알뿌리를 여러 조각을 내어 심어도 상관 없이 잘 자랍니다)

여름 나라의 경우 일 년 내내 성장하기 때문에 화분을 조금 깊은 곳에 심어두면 잎이 몬스테라만큼 커지는 것을 볼 수 있습니다. 겨울을 날 땐 15도 아래로 내려가면 구근이 녹을 수 있으니 주의해 주세요. 이땐 절대, 절대 물을 주지 않습니다. 실패없이 다음해 봄, 다시 만나고 싶다면 구근을 캐서 따로 보관해 두었다 심는 것도 좋습니다. 이때 구근은 신문지에 싸서 구멍 뚫린 박스에 넣고 20도 이상 되는 곳에 보관하셔야 합니다.

다양해서 후르츠 칵테일을 한 캔 따놓은 것 같이 보이기도 하는 이 식물은 '피고 지고 피고 지고'를 반복해서 질릴 법도 하지만 좋아하는 무늬의 종을 골라 이것 저것 키우는 재미가 있다.

아이가 한글을 배우고 난 후론 수시로 나에게 편지를 써

온다. 어디서 본 건지 늘 둘둘 말아 테이프 하나를 끝에 붙이고 떨어지지 않도록 단단히 고정한 뒤 내 앞에 툭 놓아두고 가는데 펼쳐보면 언제나 똑같은 아홉 글자가 써 있다.

/엄마너무너무사랑해/

띄어쓰기도 전혀 되어있지 않은 이 아홉 글자는 매번 받을 때마다 좋아서 나도 모르게 입꼬리가 우주 끝까지 올라간다. 그때마다 아이도 똑같은 얼굴을 하고 내 반응을 기다리고 서 있다. '이번에도 엄마가 웃어줄까? 다가와 날 안아줄까?' 잔뜩 기대에 찬 얼굴로 말이다.

모두가 잠든 밤 우연히 메모장을 보다 웃었다. 아니 조금 울컥한 것 같기도 하다.

이건 또 언제 찍었을까? 오늘 오전이다. 설거지를 하다 말고 '엄마' 하고 부르길래 뒤돌아 봤는데 아마도 그 모습을 순간 포착한 듯 하다. 어깨가 한껏 늘어난 후질근한 회색 티셔츠를 입고 서서는 주름 많은 하회탈처럼 활짝 웃는 내가 있다. 사진 아랜 역시나 늘 받아도 가슴이 쿵 하고 요동치는 마법의 아홉 글자 /엄마너무너무사랑해/가 적혀 있다. (요즘 여섯 살 꼬맹이는 휴대폰 메모장에 사진도 첨부할 줄 안다)

아이가 보진 않겠지만 나도 그 아래 답장을 쓴다.

쓰고 나니 아이 얼굴이 너무 보고 싶어 자는 아이 두 볼과
이마에 가만히 뽀뽀를 한다.

지금 아이 얼굴은 마치!

칼라디움 스트로베리스타.

▲ '누가 내 얼굴에 뽀뽀했니(아이가 지어준 칼라디움 스트로베리스타^{caladium} strawberrystar)'의 이름

▼ '누가 내 얼굴에 색종이 뿌렸니(아이가 지어준 칼라디움 플로디아 크라운 caladium florida crown)'의 이름

동남아시아에선 칼라디움이 일 년 내내 성장하기 때문에
종종 아이 얼굴보다 더 크게 자라기도 한다.

주먹 쥐고 손을 펴서
손뼉 치고

아이들은 세상에 올 때 두 손을 꼭 쥐고 온다. 그 사실을 엄마가 되어서야 비로소 알게 되었다.

아니, 두 눈으로 똑똑히 보았다. 부모가 막 태어난 아이에게 가장 처음 하는 일은 손가락, 발가락 열 개가 모두 제자리에 잘 붙어 있는지 하나씩 펼쳐서 확인하는 것이다. 핏줄까지 다 보이던 그 작은 손은 살면서 들어 본 적 없는 가장 큰 울음소리를 배경음악 삼아 그렇게 꼬옥 쥐고 있었다. 오므린 열 개의 손가락을 펼쳤다 놓으면 다시 또 오므라드는 그 작은 손이 꼭 '꽃' 같았다. 아가들은 저마다의 꽃 안에 뭘 갖고 태어나길래 그리 놓치지 않으려 꼬옥 쥐고 있을까.

나는 늘 그것이 궁금했다.

식물도 그렇다. 한 번에 쫙 핀 채로 나는 잎은 없다. 온몸을 웅크리고 있다가 뿌리와 잎사귀를 흔들며 영차 영차 온 힘을 다하여 제 몸을 펼친다. 시간을 두고 보면 그저 우아해 보이는 몸짓처럼 보일 수 있겠지만 매초 그들은 뿌리가 흔들릴 정도로 치열하게 애를 쓰고 있다. 아무리 작은 식물이라도 각자에게 주어진 저마다의 삶의 시작을 최선을 다해 묵묵하고 충실히 해 나간다.

돌돌 말고 있는 필로덴드론 글로리오섬^{philodendron gloriosum}의 잎을 가만히 보고 있으니 가장자리 붉은 잎맥이 꼭 아이가 처음 세상에 온 날 손등에 비치던 빨간 핏줄 같아서 괜시리 기특하고 뭉클하다. 하트 모양의 커다란 잎, 벨벳 질감의 하얀 잎맥을 자랑하는 이름도 예쁜 필로덴드론 글로리오섬 줄기가 올라 온 지 한 달 만에 드디어 말고 있던 잎을 아주 조금 살짝 들어 보였다. 결국 주말 사이 반이나 펼쳐졌다. 궁금한 마음에 계속 들여다 보니, 문득 그들도 만삭 임산부처럼 똑같이 진통을 겪고 있을지도 모르겠다는 생각이 들었다. 그 고통을 너무도 잘 알기에 가습기를 밤새 틀어 주었더니 다음날 아침 연둣빛 투명한 새 잎을 드디어 출산(!)했다. 나는 지금 미역국 대신 비타민B-1(식물을 잘 자라게 해주는 일종의 영양제)을 물에 희석하고 있는 중이다.

몬스테라가 식상하다면
필로덴드론!

열대 아메리카가 고향인 필로덴드론은 잎이 특히 매력적인 식물입니다.

　필로덴드론의 종류는 너무나 다양하지만 그중 초보들이 키우기에 적합한 식물이 바로 필로덴드론 글로리오섬인데요, 해외 플랜트 잡지 속 단골 손님이기도 한 콜롬비아 출신인 이 식물은 자연 상태에서 90cm까지 커진다고 하죠. 벨벳 느낌이 나는 근사한 잎을 가진 식물인데 성장 환경만 잘 맞춘다면 집에서도 잎을 40cm까지는 키울 수 있습니다. 물주기와 통풍만 잘 챙겨 주어도 무난히 잘 자라주는 순한 식물입니다. 몬스테라가 조금 식상해졌다면 거실 한 켠에 커다란 하트모양 글로리오섬 하나 놓아 보세요. 당장 남미나 동남아시아로 여름휴가를 떠날 순 없지만 그곳을 여행하는 느낌이 조금은 들지도 모르니까요.

　우리 주변엔 하트 모양의 잎을 가진 식물들이 많다. 그리고 그 모양은 기능적인 면에서 꽤 충실한 역할을 한다. 식물이

빛을 받아 광합성을 하려면 잎 면적이 넓어야 유리한데 잎이 너무 커지면 잎 꼭지가 그 크기를 감당할 수 없다. 그래서 꼭지 주변의 크기를 부풀려 잎을 하트 모양으로 만든다. 그러면 잎 꼭지의 무게 중심이 유지되면서 커다란 잎을 얇은 잎 줄기 하나로도 지탱할 수 있게 된다. 게다가 파여있는 하트 모양 잎사귀에 떨어진 빗물이나 이슬 방울들은 잎 꼭지를 통해 모아져 뿌리 부분으로 좀 더 수월하게 흘러간다.

어떤 현상엔 분명한 이유가 존재한다. 아이가 하는 행동에도 늘 분명한 이유가 있었다.(과거형으로 쓴 것은 내가 그 이유를 늘 한발 늦게 알아차리기 때문이다) 고집을 피운다고, 왜 엄마 말을 안 듣는 거냐고 잔소리를 하기 전에 먼저 아이가 그런 행동을 해야만 했던 이유를 물어봐 주자. 아이에겐 언제나 이유가 있을 것이고 그 이유가 혹 잘못된 것이라 해도 수백 번, 수천 번 바로잡아 알려 주는 일이 부모의 역할일 테니 묻고 대답을 기다려 주는 것에 너그러워져야 한다. 식물이 잎 꼭지를 넓혀 이파리에 햇빛을 더 많이 담아내는 것처럼 우리 몸과 마음의 꼭지를 넓혀 하트 모양으로 만드는 연습을 부지런히 해야겠다. 이때, 눈물은 안으로 모아 빠르게 뿌리로 보내버리고 무게 중심을 유지하는 것이 핵심 포인트라는 사실! 부모가 흘린 눈물은 아이들의 성장에 기름진 양분이 될 것이며 삶의 무게 중심을 잡고 균형을 유지하는 부모의 일관된 마음이 매 순간 크게 자라는 아이를 거뜬히 지탱할 수 있는 힘을 길러 줄 것이다. 오늘도 식물에게 육아를 한 수 배운다.

세 개의 잎으로 찾아온 필로덴드론 글로리오섬 '세가지'(그저 잎이 3개라는 이유로 지어진 이름)는 이제 다섯 개의 하트 잎을 가진 '오가지'가 되었다. '세가지'에서 '사가지'(발음 주의!)가 되던 날 화분 가장 자리에 엄지 손톱 만한 크기의 하트 잎이 자라났다. 그대로 같은 화분에 두면 큰 뿌리로 양분이 다 뺏겨 크게 자라지 못할 것 같아 화분에서 꺼내 아이 두 손에 쏙 들어오는 작은 파랑색 토분에 심어 주었다. 그리고 아이의 손에 쥐어 주었다. 잘 자랄 수 있게 도와주라는 말과 함께. 아이는 그날 이후 자신에게 주어진 책임을 아주 성실하게 수행 중이다. 매일 아침 눈을 뜨면 달려가 겉흙이 바짝 말랐는지 체크를 하고 스스로 화장실로 가져가 정해준 양의 물을 준다. 아침에 한 번 오후에 한 번 분무를 해주는 것도 잊지 않는다.

아이에게 하나의 생명을 온전히 맡기는 것은 어쩌면 꽤나 위험한 일일지도 모르겠다. 그러나 생명 하나 지키려는 이 작은 습관 하나가 아이에게 책임감을 알게 하고 아이의 손이 그것을 기억할 것이라 믿는다. 아이에게 손가락을 쥐었다 피는 미션을 끊임없이 던지는 것이 부모가 할 일이다. 꽉 쥐었던 손가락을 피면 그 손으로 세상을 구할 수 있다. 작은 일이든 큰 일이든 세상에 존재하는 것들에게 도움이 되는 일을 할 수 있음을 스스로 깨닫길 바란다. 작은 생명이 땅속에서 새싹으로 얼굴을 내민 순간부터 커다란 잎이 달린 어른 식물로 자라나는 일련의 과정을 지켜본 아이는 생명을 대하는 태도가 남들과 조금은 다르지 않겠는가!

여행자의 나무

최근에 했던 마지막 여행은 2020년 3월 롬복Lombok(발리 옆에 있는 섬)이었다. 막 인도네시아에 코로나 바이러스 첫 확진자가 나오기 시작했을 무렵이라 모두가 예민했고 감히 비행기까지 타고 여행간다는 말을 그 누구에게도 꺼낼 수 없는 분위기였다. 출발 전날까지 취소를 할까 말까 얼마나 고민을 했는지모른다. 결과적으론 그 여행의 기억으로 지금 이 시간들을 버텨내고 있으니 너무 잘한 선택이 되었다. 나는 여행을 좋아하기도 하고 아이에게 '자연의 것'들을 보여주기 위해 일부러 자주 집을 떠나는 편이다. 여행가는 일이 남의 눈치를 봐야 하는세상이 되었지만 여전히 우리는 어딘가로 떠나야만 한다. 집을 떠나야만 볼 수 있는 것, 배울 수 있는 것들을 찾아서! 코로나가종식된다 하더라도 어쩌면 그것이 우리의 지난 여행과는 같을 수 없을 것 같아 마음이 아프다. 그래서 지난 -마스크와 손세척제가 없는- 여행들 하나하나가 너무도 소중하게 느껴진다.

발리는 한국에선 7시간 반, 내가 살고 있는 자카르타에서 비행기로 한 시간 반이면 갈 수 있는 '천국 같은 섬'이다. 서울과 제주도 정도쯤의 거리라고 보면 되겠다. 인도네시아는 걸어서 이동하는 것이 매우 불편하다. 보행자를 위한 고려를 전혀 하지 않은 도시 개발 탓일까? 2018년 자카르타 팔렘방 아시안게임 개최 후 보행자를 위한 보도가 도시 몇몇 구역에 놓여졌으니 앞으로 희망을 가져볼 만하다 싶지만 여전히 "한 번 걸어볼까?" 하고 무턱대고 나갔다가는 (수없이 끊어진 도보에) 낭패를 보기 쉽다.

그래서 마냥 걷고 싶을 때, 공간적·시간적 여유가 있을 때 아이를 데리고 그 '천국 같은 섬'을 찾아가곤 했다. 매일 아이 손을 잡고 바닷가를 산책하고, 해가 집에 가는 시간을 꼭 챙겨 배웅하고, 매일 밤 어떤 얼굴의 달이 떴는지 고개를 들고 하늘을 올려다 보고, 하루 한 장 아이와 머리를 맞대고 사진을 찍는 그런 하루하루를 보내기 위해서 말이다.

아빠는 어린 시절 여행지에서 동생과 나의 모습이 담긴 사진을 많이 남겨 두셨다. 티셔츠는 바지 안으로 꼼꼼하게 집어 넣어 가슴 바로 직전까지 훅 잡아 올린 롱 다리 패션을 하고 커다란 떡갈나무에 기대 베토벤 같은 표정을 짓고 있는 나, 계곡물 안에서 튜브를 끼고 하늘을 보며 바람을 느끼는 듯 눈을 반쯤 감고 있는 나, 그리고 그 옆에 어린 동생을 안고 있는 젊은 시절 나의 엄마.

아빠가 사진으로 찍어서 남겨 두지 않았다면 절대 짐작도 못해 봤을 나의 다섯 살, 열 살의 모습이 그 사진 속에 있다. 어린 시절 내 모습은 봐도 그만 못 봐도 그만이다. 하지만 그 시절 지금의 나보다 훨씬 젊었던 엄마 아빠의 모습을 보는 것, 그리고 그들이 우리를 바라보았던 시선을 느껴 보는 것은 남겨둔 사진이 아니면 결코 보지 못했을 일이기에 나는 그때의 아빠에게 늘 감사하다.

엄마가 되니 눈 하나가 더 생겼다. 그 눈은 남에겐 보이지 않는 것을 볼 수 있는 특수한 기능이 있다. 예를 들면 SNS 속 여행지에서의 해맑은 아이들 사진을 보며 그들 곁을 온종일 맴돌았을 '그녀'들의 하루까지 가늠해 보는 기능이다. 사진 속 저 아이의 엄마는 딱히 배가 고프지 않아도 매 끼니마다 하던 일을 멈추고 아이 배 채울 곳을 찾아 다녔겠구나, 예쁜 옷 가게를 발견했어도 아이 낮잠 시간에 맞춰 빠른 걸음으로 숙소를 향해 걸음을 옮겼겠구나, 잔뜩 짜증난 아이를 달래고 재우기 위해 이쪽에서 저쪽까지 수십 번 유모차를 밀었겠구나. 최선을 다해 달래 봐도 점점 더 크게 우는 아이와 같이 부둥켜 울기도 했었겠구나······하는 것들 말이다. 그뿐인가. 유모차에도 주렁주렁, 백팩에 어깨 가득 보조 가방까지 짊어지고 길을 나섰는데도 도착해 보면 빼먹은 건 또 뭐 그리 많은지 좌절하고 있는 그녀가 보인다. 근사한 풀바pool bar가 코앞에 있어도 레인보우 색 튜브 낀 녀석들 챙기느라 주문한 레인보우 색 칵테일은 한 번에 쭉 들이켜야 하는 그녀도 있다.

아이가 동반된 여행은 버겁고 힘들다. 그건 아이가 어릴수록 강도가 높다. 그러면서 뭐 하러 애를 데리고 나가냐고 묻는 사람이 있거든 그 입 조용히 닫아주시기를! 우리네 부모들도 우리를 그리 키워 주셨으니. 하늘 위 구름 한 점 더 보여 주려고, 그림책 속 쏴아-하는 파도 소리가 진짜 쏴아-인지 확인시켜 주려고, 바리바리 짐을 싸고 "저기 좀 서봐", "여기 봐봐" 사진을 찍어 주시던 당신의 부모님을 떠올려 보길 바란다.

지난 번 아이와 단둘이 간 발리에서의 일이다. 아이와 함께 노을을 바라보고 숙소까지 한참을 걸어오다 아무 정보 없는 작은 와룽(식당)에서 생선구이를 시켜 둘이 사이좋게 나누어 먹었다. 그리고 땀 한 바가지 흘린 기념으로 숙소에 도착하자마자 맥주 한 캔을 따서 벌컥벌컥 마셨다. 땀이 식고 목구멍이 차가워지니 문득 아이의 오늘이 궁금해 가장 기억에 남는 일이 뭔지 물었다. 그리고 아이의 대답은 땀으로 범벅이었던 정신없던 그날을 꽤 근사하게 만들어 주었다.

"모래 위에 그림 그린 거랑 햇님이 아직 집에 가지도 않았는데 달님이 나와서 햇님 옆에 나란히 있던 거, 그리고 이거 전부 엄마랑 같이 한 거."

성인 발걸음으로 10분이면 갈 거리를 아이와 손을 잡고 거북이보다 느리게, 때론 안아서 삼십 분을 걷는다. 아이는 신발 속에 모래가 들어갔다며 일 분마다 멈춰 서기도 하고, 바다에 발 한 번 넣지 않다가 언제 마음이 또 변했는지 파도 가까이 가보겠다고 나보다 저만치 앞서 걷기도 한다. 수많은 부모들이 '그럼에도 불구하고' 아이들을 자연으로 데려가 슥-하고 등을 밀어 주는 것은 그것이 특별히 대단해서가 아니라 아이들 눈 속에서 반짝이는 '무언가'를 발견하기 때문일 것이다.

발길 닿는 대로 여기저기 걷다가 배고프면 커피와 바게트로 한끼를 간단히 때우고 하루 종일 내가 좋아하는 노래를 들으며 내 마음대로 할 수 있었던 이삼십 대 청춘의 여행도 물론 그립다. 하지만 내가 낳은 이 아이에게 내가 먼저 본 세상을 보여 주며 작은 손 잡아 끌어 아름다운 이 세상을 어떻게 걷고, 숨 쉬고, 사랑하며 살아야 하는지 하나하나 이야기해 줄 수 있는 지금 사십 대의 여행도 좋다. 그리고 아이의 취향에 이끌려

여행자의 나무 travele's palm 라 불리는 나무가 있습니다

동남아 여행을 하다 보면 흔히 보이는 덩치가 큰 식물이 있습니다. 우리나라 이름으로는 부채파초, 여인초, 여인목이라고 불리기도 하지요. 고향은 아프리카 마다가스카르, 잎이 부채 모양을 닮아 부채파초라고 부릅니다. 인도네시아에서도 흔하게 볼 수 있는 식물이에요. 열대 지방에선 주로 정원수로 많이 심습니다. 관공서, 휴양지의 호텔 로비 앞, 주택 단지 초입에서 조경수로 놓은 것을 흔히 볼 수 있지요. 잎이 바나나 나무처럼 시원시원하게 뻗어있고 공기 정화에도 탁월한 효과가 있다 하여 요즘은 실내에서도 많이 키우는 식

물 중 하나입니다.

잎 자루와 입이 연결되는 엽초 부위에 물이 잘 고여 여행자가 목이 마를 때 줄기에 구멍을 뚫어 물을 빨아 먹을 수 있었다(그 양이 1리터는 족히 된다)고 해서 "여행자의 나무"라는 별명이 붙기도 했지요. 또 다른 이유로는 나뭇잎 배열이 그리는 호가 늘 특정한 방향을 바라보며 나침반 역할을 한다고도 합니다. 자생지인 마다가스카르에선 줄기에서 나온 수액으로 설탕을 만든다고 하니 여러모로 우리에게 큰 도움을 주는 나무인 건 확실한 것 같습니다.

아이의 시선을 따라 다니게 될 미래의 여행도 몹시 기대가 된다. 여행을 가지 못하는 아쉬움과 지난 여행의 기억을 담기 위해 여행자의 나무를 키우고 있다. 목이 마른다고 엽초에 구멍을 뚫고 물을 먹을 일은 없겠지만 커다란 잎을 닦으며, 한 번에 5~6리터가 훨씬 넘는 물을 주며 우리는 이 거인 같은 나무 앞에서 지난 여행을 추억한다.

집에 오고 한달 간 폭풍 성장을 하더니 갑자기 잎사귀 펼치기 바로 직전에 성장을 멈춰 버렸다. 마치 지금 우리들처럼.

아무리 기다려도 새 잎이 더 이상 올라오지 않는다. 세심하게 물을 주고 공중습도를 유지하는 것이 좋다고 해서 자주 분무를 하고 해와 바람도 정성스럽게 챙겨 주고 있는데 도대체 뭐가 문제인지 모르겠다.

이 녀석도 지금 '세상으로의 여행'에 눈치를 보고 있는 건 아닐까? 거인이(아이가 지어준 이름입니다)나 우리나 지금으로 선 그저 기다리는 것밖엔 할 수 있는 게 없다. 머지않아 누구에 게도 눈치 보지 않고 떠날 수 있는 날이 온다면 그곳에서 만난 여행자들에게 가슴 가득 공감의 마음을 담아 따뜻한 눈 인사를 건네고 싶다.

"그동안 수고했어요. 모두!"

그리고 그땐 부디 마스크는 없이 서로가 입 꼬리를 올리고 있는 모습도 볼 수 있었으면 좋겠다.

[그 후의 이야기]

한참 성장을
멈춰 있던 거인이는
해충의 피해도 한 번,
응애의 피해도 한 번,

그렇게 모진 풍파를 겪고
지금은 한 달에 한 장씩
큼직한 새 잎을 내며
쑥쑥 잘 자라고 있습니다.

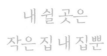

내 쉴 곳은
작은 집 내 집뿐

20대와 30대 중반까지 조경과 환경에 관한 일을 하며 돈을 벌었다. 학부 때부터 따지면 스무 살부터 서른 중반까지였으니 15년도 훨씬 넘은 시간이다. 이런 경력 때문에 이제 현직에 있지 않는데도 여전히 나무와 환경에 관심이 많다. 숲과 환경에 대한 교양프로그램들을 챙겨 보거나 충격적인 이슈를 접할 땐 (직접 나서진 않지만) 방구석에서 소심하게 하루 이틀 환경문제에 대한 깊은 고민에 빠지기도 한다.

배운 게 도둑질이라고 자카르타에 와서 가장 가보고 싶었던 곳 중 하나가 바로 망그로브Taman Hutan Raya Mangrove Taruha 숲이었다. 자카르타 북부 공항 근처 해변가에 심겨진 망그로브 나무들을 드디어 이번 주말에 보고 왔다. 한국의 사회적 거리두기 단계가 1단계로 내려간 것처럼 자카르타의 PSBB(2020년 대규모 사회적 거리두기)도 한 단계 내려간 덕에 외출의 부담도 좀 줄어 들었다. 도시가 문을 걸어 잠근 뒤 거의 두 달 만에 숨통이 좀 트인다. 사람이 많이 찾는 공공기관은 여전히 만 4세 아이들의 입장을 제한하고 있어서 아이와 남편을 두고 홀로 그 바다 위 둥둥 떠 있는 숲으로 걸어 들어갔다. 혼자여서 그런가 발걸음이 왠지 깃털처럼 가벼웠다.

보통 나무는 땅에 뿌리를 내리고 자란다. 그런데 물속, 그것도 염분을 가득 머금은 바닷물에 뿌리를 내리고 사는 나무가 있다. 바로 망그로브 나무다. 바다와 육지 경계에 사는 이 나무는 덥고 습한 곳에서 잘 자라 동남아 해안가에서 주로 볼 수 있다. 고맙게도 이들 덕분에 태풍과 해일로부터 육지가 보호를 받는다. 실제로 2004년 동남아시아 쓰나미로 11개 국가에서 23만 명이 사망했는데 그중에서 바닷가에 심겨진 망그로브 숲이 파괴되지 않은 지역의 피해가 가장 적었다고 한다. 그 일을 겪은 후에야 사람들은 이 나무가 자연 방파제 역할을 하고 있었음을 깨달았다. 게다가 그 뿌리는 물고기와 게, 다양한 해양 동물들의 안전한 서식처가 되어주었고 지역 주민들에겐 생계를 이어 갈 수 있게 돕는 생선과 목재를 제공해준다.

그러나 당장 먹고 사는 것이 중요한 동남아 국가에선 휴양지나 새우 양식을 위해 망그로브를 무차별하게 베어 버린다. 자연 다큐멘터리에서 다뤄지는 망그로브는 언제나 슬프다. 지구 최대 망그로브 서식지였던 필리핀 팔라완 해변은 새우 양식으로 나무가 반 이상 없어진 상태이고, 최근에야 망그로브의 환경적인 가치가 부각되면서 보호지로 관리되고 있다.

한 발은 육지에, 다른 한 발은 바다에 뿌리를 내리고 사는 이 녀석들이 꼭 지금의 우리 가족 같다. 우리 가족은 한국 사람이지만 낯선 땅에 뿌리를 내리고 아이를 키우며 산다. 우리가 내린 뿌리 사이에서 내 아이가 안전하게 잘 자랄 수 있도록 스스로 더 단단해져야지 다짐한다. 그리고 아이에게도 힘주어 말한다. 마음 둘 곳 찾아 뿌리를 내리면 그곳이 어디든 내 고향, 내 집이 될 수 있다고 말이다. 그리고 그곳에서 최선을 다해 선하게 살아야 한다고 말이다. 저 망그로브 나무들처럼.

자카르타에 올 일이 생긴다면 혹은 살고 있다면 망그로브 숲을 방문해 보길 추천한다. 선진국에 있는 공원처럼 근사하고 쾌적한 환경은 아니지만 바다에 뿌리 내리고 사는 이 나무들을 누군가는 한번쯤은 인정해주면 좋을 것 같다. 언제나 그러하듯 자연은 그 가치를 알고 나면 그 앞에서 겸손해진다. 자연의 선함엔 끝이 없다.

식물과 동물 그리고 아이를 가까이 두고 사는 사람들은 이 세상을 좀 더 착하게 만들 수 있는 방법에 대해 좀 더 고민하게 된다. 며칠 전 '빨대'라는 환경 다큐멘터리를 아이와 함께 보고

어린 주아를 바다에 떨어트려 번식하는
'아이 낳는 나무 망그로브'

염분에도 끄떡없이 바다 속 갯벌에 뿌리를 내리고 사는 이 나무는 환경에 놀랍게 적응하는 능력을 갖고 있습니다. 보통 나무는 씨앗을 통해 번식하는데 이 나무는 긴 열매 같이 생긴 주아(자라서 줄리가 되어 꽃을 피우거나 열매를 맺는 싹)를 낳아 바다로 떨어트리죠. 그리고 이 '주아'는 바다의 물살을 이용해 이동하다 적당한 곳을 발견하면 그곳에 안착해 뿌리를 내립니다. 기록에 의하면 물에 둥둥 떠서 40일까지 이동하는 경우도 있다고 합니다.

엄마 나무에서 떨어져 나간 새끼 나무는 그렇게 다른 곳에 독립을 하고 군락을 이루며 정착해 살아갑니다. 물 속에선 해양 자원들의 안식처로, 물 위에선 열대 우림의 5배

▲ 바닥에 떨어진 길다란 녀석이 바로 망그로브 새끼 '주아'입니다.

▶ 이렇게 뿌리가 공중으로 나기도 해요.

가 되는 탄소를 흡수하며 말이죠. 그들은 이렇게 엄청난 탄
소를 저장하면서 우리 지구를 살리고 있습니다.

(바다거북이 코에서 빨대가 나왔던 영상으로 유명하다) 그들이 지금
보다 나은 세상에서 살 수 있는 방법은 뭐가 있을까 함께 고민
했다. 아이는 나에게 물건을 사기 전 '엄마 이거 꼭 필요해서 사
는 거야?' 라고 물어봐 주기로 했고 나는 아이에게 식당에서 음
료를 시킬 때 점원에게 "No! 스트로우(빨대)!"라고 미리 말해 보
자고 제안했다.

코로나 때문에 마치 마스크를 얼굴에 이식한 것처럼 계속
쓰고 다니니 얼굴 가까이 자연의 바람을 허락했던 순간이 언제
였는지 기억도 잘 나지 않는다. 그 간질거리는 바람의 느낌이
얼마나 좋았는지 우리 아이들이 기억했으면 좋겠다. 눈, 코, 입
을 스쳐가는 보드라운 바람을 우리 아이들도 쭉 누리며 살았으
면 좋겠다. (이 당연한 것을 간절히 바라게 되다니…)

내 아이가 앞으로 80년은 더 살 세상이다. 티도 안 나는 이
작은 '선함'들이 쌓이고 쌓이다 보면 모진 쓰나미가 닥쳐도 전

부가 무너지는 일은 일어나지 않을 것이다. 그냥 멈춰 있어도 좋으니 더 이상 이 세상이 아프지 않았으면 좋겠다. 동물, 식물, 그리고 지구에 얹혀 살고 있는 우리 인간들 중 특히 우리 아이들에게 선한 기적이 일어나기를 간절히 바란다.

사람^{man}과 숲^{grove}의 합성어를 가진 망그로브^{Mangrove}는 정말로 그 이름처럼 인간을 살리는 나무가 아닐까? 우리에게 남겨진 마지막 희망의 나무! 아이가 이 나무의 삶을 꼭 기억했으면 좋겠다.

아이가 그린 망그로브 나무입니다.

(뿌리엔 물고기가 살고 나무 곁엔 사람이 있습니다)

너는 나의 봄이다

어느 시대나 역병과 정신적 스트레스는 늘 존재해 왔고 그를 이겨 내려는 노력은 시대별로 진화해 왔다. 그리고 그들이 문제를 해결해 온 방법엔 하나의 공통점이 있는데 그것은 바로 어떠한 형태로든 자연을 가까이 두는 것이다. 그 옛날 자연주의자들이 제시한 위기극복의 방법들은 마치 먼 훗날 이런 말도 안 되는 역병이 돌 거란 사실을 예상했다는 듯 구구절절 맞는 말을 한다. 그러니 나는 어느 자연주의자가 들려주는 이야기를 교본 삼아 하루하루 충실히 버텨내고 있다.

그들처럼 완벽히 자연으로 돌아가 살 순 없으니 도시에서 최선을 다해 자연을 만나고, 가까이 다가가 그들을 이해하려고 노력해 본다. 그러다 보면 모든 것이 정지된 것 같은 지금의 현실이 제자리를 찾아 갈지도 모르니까 말이다.

'이 죽일 놈의' 코로나는 어째서 잠잠해질 생각을 하지 않는지, 내년이 되어도 지금과 다르지 않을 거란 사실에 가끔 숨이 막힌다.(이 글을 처음 썼던 2020년에서 1년이 지나 2021년이 되었는데도 여전히 달라지지 않았다. 그리고 다시 또 1년이 지나 2022년 2월이 되었고 아직도 코로나 바이러스는 사라지지 않았다. 하지만 우리는 또 정상으로 돌아올 것이라는 희망을 품고 산다) 끝을 알 수 없는 터널을 쉬지 않고 달리는 기분이 이런 걸까? 아이들 학교는? 한국에 있는 가족들은? 사람 사이 미묘하게 흐르는 이 적대감과 차별은? 하나하나 나열해봐야 해결해 줄 사람이 아무도 없으니 이 얘긴 그만 하는 것이 좋겠다.

생필품을 사러 마트에 가는 것이 한 주의 유일한 이벤트라는 것, 내 수업인지 아이 수업인지 모를 온라인 수업을 바로 옆에 앉아 하나부터 열까지 도와줘야 한다는 것, 요리를 전보다 꽤 아니 매우 자주 해야 하는 것을 제외하면 사실 겉으로 보기엔 코로나 전과 지금의 생활이 크게 다를 게 없는 것도 같다. (아! 외출 시 마스크를 꼭 착용해야 하는 걸 빼먹을 뻔 했네!)

그러나 이 와중에도 희망의 신호가 내 생활 곳곳에 보인다. 그건 바로 내 몸과 마음이 전보다 간소해졌다는 거다. 물론 갑갑하고 속상한 일(특히 가족을 만나러 마음 편히 한국으로 갈 수 없다는 것!)이 더 많지만 분명 이 시대가 우리에게 주는 신호와 메시지가 있다는 믿음이 생겼다. 우리는 그 신호에 따라 앞으로 갈 방향을 정해야 한다. 어쩌면 지금 이 브레이크 없는 인간들의 질주를 멈추게 할 마지막 정지 신호일지도 모르니 말이다. 지금 샛길로 샜다간 길을 잃고 결국은 다시 또 돌고 돌아 이 마지막 신호등 앞에 또 다시 서게 될지도 모른다.

코로나는 삶의 방향을 조금 바꾸어 놓았다. 나는 (맛있는 음식을) 많이 먹고, (주위 사람들에게) 많이 신경 쓰고, (어떤 일에도) 최대한의 애를 쓰며 사는 사람이었다. 그런데 지금은 (식사를 매 끼니 챙기는 것이 너무 귀찮고 힘들어) 덜 먹고, (사람들을 만날 일이 없으니 그들을) 덜 신경 쓰고, (매번 반복되는 하루니까 어떤 일을 하더라도) 조금 덜 애쓰게 되었다.

우선 오드리 헵번의 말을 교본 삼아 식사는 간단히 준비하고 가족과 나눠먹는다. 간단하게 먹어서 아낀 시간과 에너지는 글을 쓰고 음악을 듣고 나만의 자연(식물들)과 대화하고 아이와 노는 데 쓴다. 현재의 가장 좋은 점을 보기로 한다. 이렇게 힘 뺀 일상을 보내면서 그래도 가장 '힘을 내어 하는 일'이 있다. 바

로 '산책'이다. 운동
은 싫어하지만 걷는
건 좋아하는 나에게
산책은 내 몸을 위한
유일한 시간이었다.
도시로 이사 온 후론
그마저도 할 수 없어
힘을 낼 일이 전혀 없
지만 그나마 식물들
이 그 자리를 채워주
고 있다. 허리를 구부

리고 힘을 쓰고 잎사귀를 만지고 흙 냄새를 맡는다. 그들이 있
어 참 다행이라는 생각이 든다. 그러나 여전히 나는 산책이 그
립고 내가 살던 작은 도시의 이곳저곳이 그립다.

아름다운 입술을 가지고 싶다면, 친절한 말을 하라.
사랑스런 눈을 가지고 싶다면, 사람들의 좋은 점을 보라.
날씬한 몸매를 가지고 싶다면, 너의 음식을 배고픈 사람
과 나누어라.
아름다운 머리카락을 가지고 싶다면, 하루에 한 번 아이
가 손가락으로 너의 머리를 쓰다듬게 하라.

너는 나의 봄이다: 아이와 식물 그리고 나

아름다운 자세를 가지고 싶다면, 너 자신이 혼자 걷고 있지 않다는 걸 기억하라.

만약 도움을 주는 손이 필요하다면 너의 팔 끝에 있는 손을 이용하면 된다. 한 손은 너를 위해, 다른 한 손은 다른 사람을 돕는 손이다.

어린 시절로 돌아가 당신을 행복하게 만들었던 것을 찾아보라. 우리 모두는 다 큰 아이들이다.

나는 애정을 받고 싶은 욕구와 그것을 베풀 엄청난 욕구를 타고났다.

_ '오드리 헵번'이 남긴 말 중에서

이사 오기 전 살았던 곳에선 단지 안을 매일 걸을 수 있었다. 코로나가 시작되고 유일하게 허락된 외부 활동이라 더 집착을 했었는지도 모르겠다. 그 지역에서 가장 크고 오래된 주택단지에 살았는데 그만큼 오래된 커다란 나무가 많았다. 매일 오후 4시가 넘으면 아이와 운동화를 신고 단지를 서너 바퀴 돌았다. 그렇게 두 발로 땅을 밀어 걷고 뛰는 힘을 쓰고 나면 신기하게도 더 많은 힘을 얻는 느낌이었다. 매번 같은 길을 걸었지만 어제와 오늘이 다르고, 4시와 5시가 또 달랐다.

태양이 뜨고 지는 것, 구름이 흘러가는 것, 푸른 나무를 보

는 것. 아침 저녁으로 지저귀는 새들의 노랫소리를 듣는 것, 그
저 제 할 일 하며 최선을 다해 핀 길가의 들꽃들을 보는 것, 어
린 시절부터 이런 것들을 관람료 없이 실컷 소유할 수 있다는
것에 감사했다. 한참 확진자가 급증해 도시가 문을 걸어 잠그
고 집에서 한 발짝도 못나갔던 시기도 있었기에 바깥 세상과
의 만남은 더욱 절실했다. 그리고 다행히도 흙과 풀은 아직 코
로나로부터 안전했다. 이 얼마나 다행스러운 일인지. 그것마저
허락치 않았다면 아마 우리 모두 코로나와의 전쟁에서 진작에
참패했을지도 모르겠다. 고맙다. 길가의 모든 풀들아.

치명적인 바이러스는 우리의 삶을 180도 다르게 바꿔 놓
았지만 달라진 삶이 이 인류의 존속을 위해서는 꼭 필요한 시
간일 수도 있겠다는 생각을 해본다. 코로나는 많은 사람들에게
손수 만들어 먹고 사용하는 자급자족의 삶을 어느 정도 되돌려
주었다. 많은 사람들은 스스로 집에서 빵을 만들어 먹고 베란
다에서 채소를 길러 먹는다. 이런 삶은 사람들이 오랜 세월 머
릿속으론 지향하면서 바쁘다고 늘 미루기만 했던 '느린 생활'
아니었던가!

조금 덜 채우고 조금 헐렁하게 살았더니 이제서야 그 안에
내가 움직일 공간이 보인다. 헐렁해진 시간 덕분에 우리는 잊

고 있던 발밑의 풀을 볼 여유가 생겼다. 오늘은 좁디 좁은 아파트 옥상이라도 뱅글뱅글 좀 걸어야겠다. 나 혼자 걷고 있지 않다고 믿으면 아름다운 몸매를 가질 수 있다고 하지 않는가. 헐렁한 내 안으로 조금 더 걸어 들어가 온전한 나로 동시에 존재하면서!

땅에서 나는 모든 것들은 거짓말을 하지 않는다. 씨를 심고 물을 주면 어김없이 싹이 트고 해를 향해 바지런히 고개를 돌린다. 그것이 삶의 유일한 소명인 듯 주위를 돌아보지 않고 남들과 비교 하지도 않으며 그저 내 '자람'에 집중한다. 단순한 이 현상을 보는 것이 이렇게나 뭉클할 일인지는 모르겠지만 안도감과 따뜻한 위로를 받는 순간이 있다.

우기에 접어 들면서 하루 종일 흐린 날씨 때문인지 기분이 축 가라앉아 있는 날들이 많아졌다. 이것이 말로만 듣던 '코로나 블루'인가? 매일 똑같은 일상, 특별한 변화나 자극 없는 하루를 보내는 일이 일 년 넘게 지속되면서 나답지 않게 모든 일에 흥이 나질 않는다.

이렇게 무기력한 날들이 이어지다 보니 아이와 가족, 식물들을 돌보는 일에도 손을 놓고 있다. 그동안 내 안의 에너지를 바닥까지 싹싹 긁어 다 써버렸던 탓에 이젠 앞으로 나갈 힘조차 없다. 연료가 없으니 삐걱삐걱 몸에도 이상 신호가 보인다. 며칠 전부터 비상등 켜진 자동차 계기판 마냥 내 오른쪽 눈도 자꾸만 깜빡깜빡 눈떨림이 심해지고 있다. 데굴데굴 굴러다닐 만큼 아프지 않는 한 약을 먹지 않는 내가 '정신이 신체를 지배하는구나' 라는 생각을 하며 비타민과 마그네슘을 챙겨 먹는다.

가만 보니 이 우울한 느낌, 어딘가 몹시 익숙하다. 이것은 아이가 돌 되기 전에 느꼈던 바로 그 감정이다. 출산 후 일 년 정도 지난 시점의 모든 엄마들이 다들 그러하겠지만 외출이 자유롭지 못했고 내 의지로 할 수 있는 일은 극히 드물었다. 하루는 정신 없이 빠르게 지나가지만 매 순간 무료하고 지쳐가던 시절. 어쩜! 지금 상황이랑 똑같다. 인간에게 자유 의지란 이렇게 중요한 것을… 내 의지대로 나갈 수 없고, 누군가를 만날 수도 없는 지금의 상황이 사람을 우울하고 무기력하게 만들고 있다.

그래도 긍정적으로 이 상황을 바라본다면 그때보다 지금은 좀 더 잘 수 있고, 때 맞춰 밥도 먹을 수 있고, 화장실도 나 혼자(돌 전의 아이를 키우는 엄마라면 문 열고 샤워하고 문 열고 큰일 보는 일쯤 아무렇지도 않다)갈 수 있으니 더 나은 상황인가도 싶다. 그렇다고 그때가 지금 보다 더 암울했다는 뜻은 아니다. 체력적으로 어두웠던 시절이란 점에선 의심할 여지가 없지만 감정의 한계에 다 닿았다 싶을 때 언제나 아이의 배냇짓이 있었고, 뒤집고, 기고, 서고 작은 입술로 옹알옹알 소리를 내다 결국 두발로 땅을 밟고 서서는 '엄마'하고 말하는 아이의 성장이 내 눈앞에 펼쳐졌다. 자유롭지는 못했지만 아이가 자라나는 키만큼 호랑이 기운이 솟고 그동안의 피로는 눈 녹듯 사라졌다.

삶의 매 순간, 힘든 기다림 끝엔 딱 그만큼의 성장이 있고, 그 성장을 바라보고 있다 보면 정말 아무렇지 않게 모든 것이 괜찮아지곤 한다. 그러니 지금의 이 상황들도 결국은 기다리면 끝이 온다는 것으로 해석해도 되는 것일까? 정말 그렇게 희망을 가져도 되는 것일까?

씨앗은 어떻게 기다려야 하는지 안다.
대부분의 씨앗은 자라기 시작 전 적어도 일 년은 기다린다.
각각의 씨앗이 정확히 무엇을 기다리는지 그 씨앗만이 안다.
씨앗이 성장할 수 있는 유일 무이한 기회, 싹을 틔우려면

너는 나의 봄이다: 아이와 식물 그리고 나

그 씨앗이 기다리고 있던 온도와 수분, 빛의 적절한 조합
과 조건이 맞아 떨어졌다는 신호가 있어야 한다.

땅 위의 모든 것, 정말이지 모든 것을 제거해도 멀쩡한 뿌
리 하나만 있으면 대부분의 식물들은 비웃듯 다시 자라
난다. 그리고 그런 화생은 한 번에 그치지 않는다. 두 번
에 그치지도 않는다.

— 호프 자런,《랩 걸》(알마, 2017) 중에서

　　다섯 살 아이의 이번 달 과학시간 주제는 식물심기다. '바
얌'이라는 인도네시아 야채 씨앗을 포트에 심었다. 아이는 아
침 눈뜨자 마자 달려가 반 컵의 물을 주고 해가 잘 드는 자리에
놓아 둔다. 그리고 일지에 씨앗의 변화를 꼼꼼하게 기록한다.
물 주고 고작 이틀이 지났을 뿐인데 연두 빛을 내는 고운 새싹
이 뿅!하고 얼굴을 내밀었다. 리본 매듭마냥 작고 귀여운 새싹
이 예뻐 잠시 핸드폰 타임랩스를 켜 두었다.(가끔 식물들의 움직
임이 궁금해 타임랩스를 찍습니다. 삶이 버거우시다면 식물 몰카 촬
영을 적극 추천합니다!) 엉덩이를 살랑살랑 흔들며 해를 향해 부
지런히 고개를 움직이는 영상을 돌려 보며 아이와 눈을 맞추고
똑같은 표정으로 웃었다. 아무래도 이번 타임랩스의 배경음악
은 차이코프스키의 '봄의 왈츠'로 해야 할 것 같다며 음악을 찾
아 틀고선 어린 바얌 새싹들과 똑같이 어깨와 몸을 살랑살랑

흔들어 본다.

　삶의 힘을 자연에서 찾는 사람들이 그토록 말하는 포인트가 무엇인지 어린 새싹이 자라는 걸 보고 있으니 감히 알 것도 같다. 나무를 사랑한 한 여성 과학자의 이야기 《랩걸》엔 이파리에 관한 흥미로운 이야기가 나온다. 이파리는 '당'을 만드는데 우리가 태어나 먹는 '당'은 모두 식물의 잎에서 처음 만들어졌다는 사실이다.

　우리 뇌는 포도당이 계속해서 공급받지 못하면 죽는다. 인간이 살기 위해 필요한 지방 단백질도 마찬가지다. 인간에게 필요한 이 모든 영양분들은 알고 보면 이파리(당)를 먹은 동물들에게서 공급받고 우린 그 동물들을 먹고 삶을 유지한다. 한마디로 우리는 태어났을 때부터 지금까지 이파리를 피할 길이 없었다는 이야기다. 이파리에서 만들어진 당을 연료로 태우며 뇌에선 끊임없이 이파리에 관한 생각을 하고 있다고 말하는 그녀의 말에 격하게 공감하며 고개를 끄덕였다. 인간이 힘든 순간 자연을 갈망하는 이유가 우리 몸이 결국 이파리(당)로 만들어져 있기 때문이고, 오늘 아침 내가 어린 새싹을 보고 힘이 불끈 났던 것도 사실은 그와 같은 이유일 것이란 생각을 하니 어쩐지 위안이 된다. 자! 이제 주위를 둘러 보자. 도처에 우리들의 충전기가 가득하다. 잠시 손을 뻗어 그들로부터 당을 충전해 보자.

가만히 새싹들을 보고 있으니 코로나 블루에 빠진 내가 조금 부끄러워진다. 이 작은 씨앗도 땅에 단단히 뿌리를 내리고 실처럼 가느다란 줄기로 저리 씩씩하게 위를 향해 나아가는데 튼튼한 두 다리와 손의 움직임이 한껏 자유로운 인간인 내가 이렇게 자꾸 땅밑으로 꺼져 가고 있다니 한심스럽다.

모든 시작은 기다림 끝에 딸려 나온다. 세기의 역병으로 세상 모든 사람들은 마치 새싹을 틔우기 전 알맞은 조건을 기다리는 씨앗과도 같은 상태에 멈춰있다. 지금 우리들의 시간은 곧 적절한 환경을 찾아가는 과정일 뿐이다. 세상의 모든 대담한 씨앗들처럼! 그리고 올해 열매를 못 맺으면 또 어떤가. 우리에겐 다음 계절이 있다.

이제 일어나 바닥에 다리를 굳게 딛고 빛을 향해 고개를 돌려야겠다.
엉덩이도 좌우로 좀 흔들어 볼까?
흔들흔들.

스스로 문을 열고 나온 것은
걱정할 것 없다

좋아했던 한 희극인의 사망소식을 듣고 며칠 마음에 바람이 불었다. 평소 보여 주었던 그녀의 밝고 선한 모습이 극단적인 마지막 선택과 겹쳐 더 씁쓸하고 가슴이 아팠다. 삶과 죽음은 아주 얇은 막 하나 사이에 있다. 그 막을 지탱하는 보이지 않는 어떤 힘, 그것은 어깨에 잠시 머물다 가는 바람 한 점 일 수도 있고 어느 가게에서 흘러 나오는 한 소절의 노랫말일 수도 있다. 어쩌면 '잘 지내?', '밥 먹었어?' 누군가가 뜬금없이 보내온 사소한 한 줄의 메시지일 수도 있을 것이다. 나는 지금 괜찮은지 당신은 지금 괜찮은지 자꾸만 묻고 싶은 날이다.

자신만의 방법으로 꽉 닫혀있는 문을 열고 나오는 사람들이 좋다. 누구나 살면서 아픔 하나쯤 있게 마련이고 그 상처를 치유하는 저마다의 비법 하나쯤 갖고 살아간다. 요즘 같이 즐거울 일 하나 없는 시대를 살아가는 사람들에게 '자신을 지켜내는 자가치유법'은 최고의 무기이자 힘이다. 그 힘으로 꽉 닫힌 문을 부시고 밖으로 나올 수 있는 사람은 이 끝날 것 같지 않은 코로나 시대도 분명 슬기롭게 잘 통과하고 있을 것이다. 그들에겐 공통점이 있다. 누가 시키지도 않았는데 '죽도록' 한다는 것이다.

죽도록 달리고, 죽도록 책을 읽고, 죽도록 빵을 만든다. 다들 죽을 만큼 하고 있지만 사실은 죽기 싫어서 하는 것이리라. 나는 죽도록 글을 쓴다. 블로그, 일기장, SNS에 쓴다. 설거지를 하다 말고 핸드폰 메모장을 열어 거기에도 쓴다. 누가 시킨 것도 아닌데 그냥 쓴다. 죽도록! 그렇게 쓰다 보면 덜 그립고 덜 슬프고 덜 아프다. 20대엔 글이 쓰고 싶어 사진을 배웠고, 30대엔 글을 쓰고 싶어서 여행을 했다. 속마음을 비처럼 강물처럼 흐르듯 써놓고 나만 들리는 소리로 쓴 글을 읽는다. 땅이 꺼지고 하늘이 솟구치는 것만 같았던 일들도 쓰고 나면 꽤 가벼워져 있다. 때론 왜 고민했는지도 모르게 시시해져 버릴 때도 있고, 글 속의 내가 대견하고 안쓰러워 훌쩍 거린 적도 있다.

40대의 나는 글이 쓰고 싶어 (다시) 식물을 키운다. 사실 시작은 그러했는데 본격적으로 식물을 키우고 나서 글을 쓰지 않아도 마음이 다스려질 때가 많았다. 식물들을 매일 들여다 보고 있으면 아침과 저녁, 어제와 오늘의 다름이 보이고, 축 늘어진 식물에 물 한 바가지 부어 한 시간쯤 뒤 바짝 고개를 든 모습에 나 또한 기운을 차린다.

때론 내가 미처 상처를 발견하기도 전에 처참히 죽어 있는 모습을 목격하기도 하고 '아, 애는 이제 죽었구나'란 생각이 들 때 작은 새싹이 돋고 꽃이 피는 것을 본다. 그들의 삶에 늘 내 삶의 답이 있었다. 그래서 나는 생생히 살아 있고, 땅에 뿌리를

식물의 자가치유 능력

어릴 적 아파트 단지 내 느티나무를 일 년에 한 번씩 심하게 가지치기 하는걸 본 적이 있습니다. 신기하게도 몇 달이 지나면 잘려나간 부분이 금새 새 잎으로 채워지고 다시 무성해지곤 했죠. 나무는 상처를 치유하기 위해 자신의 몸속에서 면역 물질을 뿜어낸다고 합니다. 그 물질이 상처 부위를 감싸 스스로 치료를 하지요. 호주 뱅크셔 나무는 외부에 상

처가 생기면 특별한 왁스 성분이 나와서 그 상처를 메꾸는 자가치유 능력을 보유하고 있습니다. 너도밤나무의 경우는 동물이 자신의 잎과 가지를 떼어 먹는걸 감지하면 탄닌 성분을 방출해 잎을 쓰게 만들죠. 동물들이 그 잎과 가지를 먹고 싶어 하는 마음이 싹 달아나게 말이죠. 더 신기한 건 한 나무에 기생충이 생기면 자스모네이트 methyl-jasmonate(식물 휘발성 물질)라는 해충을 쫓는 호르몬이 분비되어 주변의 나무들에게 위험이 닥쳤음을 알리기도 한다는 것입니다. 서로 잎이 닿아 있거나 뿌리가 연결되어 있지도 않음에도 서로에게 위험을 알려 주는 거죠. 식물들이 겉으로는 아무 것도 안 하는 것처럼 보이지만 그들도 그저 당하고만 있지 않는다는 사실에 묘한 안도감이 들곤 합니다. 그리고 자기들끼리 정보를 교환하며 소통하고 있다는 사실도 놀랍고 말이죠.

내리고 정직하게 사는 그들이! 갈수록 더 좋아진다.

아파트로 이사 오고 얼마 지나지 않아 떡갈잎 고무나무를 샀다. 언제나처럼 흙의 상태를 체크하고 흙을 갈아 주었는데 그때 뿌리가 다친 건지 아니면 본래 상태가 좋지 않았던 나무였는지 한 달 조금 지나고부터 커다란 잎들이 하나 둘 떨어지기 시작했다. 손으로 톡하고 치기만 해도 툭툭. 풍성했던 잎은 다 떨어지고 결국 달랑 세 장 남았다. 판매한 사람에게 사진을 보냈더니 다행히 새 나무를 다시 보내 주었고 잎 세 장 남은 떡갈잎 고무나무는 딱히 해줄 것도 없어 베란다 구석에 조용히 밀어 두었다. 버리거나 죽일 순 없으니 물만 종종 챙겨 주면서…. 그리고 며칠 전, 아주 작은 봉우리에서 드디어 세 달 만에 싹이 돋아났다. 그것도 무려 세 군데에서 한꺼번에 말이다. 마치 나중에 온 떡갈잎 고무나무가 "이 집 괜찮아! 안심해! 어서 나처럼 새 잎을 틔우라고!" 신호를 보내듯 저 먼저 새 잎 3장을 냈다. 정확히 일주일 뒤 일어난 일이다. 다 죽어가던 나무 끝, 작고 딱딱했던 봉우리가 툭 터지더니 그 안에서 연둣빛 어린 얼갈이 배추 같은 잎들이 삐죽 나온다. 그리고 삼일만에 어른 손바닥 보다 더 크게 자랐다. 구석에 밀어두어서 늘 마음 불편했었는데 이제서야 안심이 된다. 그렇게 꽉 닫힌 문을 스스로 열고 나온 모든 것들은 더 이상 걱정할 필요가 없다.

식물이 삶의 거울 같을 때가 있다. 기르는 식물이 잘 자라지 않고 시들면 나에게도 좋지 못한 일이 생길 것 같고, 새 잎을 내고 꽃도 피우면 좋은 일이 생길 것 같은 느낌이 든다. 사실 정말 그런 일들이 일어나기도 하니 이 신비한 현상을 어떻게 설명해야 할지 모르겠다. 아마도 한 공간에서 숨 쉬고 사는 그들은 어느 정도 우리와 비슷한 에너지를 가지고 있는 것 같다. 예전엔 결혼하는 집 마당에 부부 금술 좋아지라고 배롱나무를 심었고, 요즘엔 돈 많이 벌라고 개업선물로 금전수를 보낸다. 부부 사이가 좋으면 잘 자란다는 러브체인 같은 식물도 있다. 식물이 정말 미래를 바꾸고 신비한 마법을 부릴 수 있다면, 그래서 그 기운이 실제 삶으로도 나타나는 것이라면 다 죽어가던 떡갈잎 고무나무에 핀 새 이파리가 부디 좋은 소식을 가득 가져다 주었으면 좋겠다.

포기하지 않는다면 산다. 살아진다. 식물도 그렇고 아이도 그렇다. 이제서야 한시름 놓는다. 다시 살아줘서 고맙다 돼지갈비야!

떡갈잎 고무나무는 잎이 바이올린 모양을 닮았다 하여
fiddle=violin fig라고도 합니다. 아이에게 알려줬더니 피그fig가
그 피그pig인줄 알고 대뜸 '돼지나무'라는 이름을 지어 주었습니다.
지금은 돼지나무에서 (본인이 좋아한다는 이유로)
'돼지갈비'가 되었지만 말입니다. 잎에 착착 붙어 그냥 쭉
돼지갈비라고 부르고 있습니다. 떡갈잎 고무나무는 보통 한 번에
2~3개의 잎을 한꺼번에 냅니다. 때론 새로 나는 어린 잎에
붉은 반점 같은 것들이 보이는 경우가 있습니다. 어린 잎의 경우 자라면서
많은 영양분이 요구되는데 순간적으로 영양결핍이 생겨 나타날 수 있는
현상이지만 보통 자라면서 사라지니 크게 걱정하지 않아도 됩니다.

요정을 믿어 보아요

"너에게 언제까지 웃음을 줄 수 있을까,

너에게 언제까지 궁금한 것들을 알려주고 약속한 것들을 지킬 수 있을까. 그리고 넌 언제까지 엄마의 이 터무니 없는 말들을 진심으로 믿어줄까?"

집에 종이로 만든 초록색 요정이 하나 있다. 요정, 트롤, 스머프, 이들 모두가 언제부터 숲속에 살았는지 모르겠지만 자연, 특히 숲과 나무가 인간에게 신비로운 존재로 각인되어 왔다는 덴 의심할 여지가 없다. 특히 숲속의 요정은 아이들에게 무한한 상상력을 불러일으킨다. 우리 집 초록 요정은 매일 밤 숲 대신 이 화분에서 저 화분으로 옮겨 다니는 마법을 부린다. 아이는 매일 아침 요정이 어떤 화분에 앉아 있나 찾아 보는 것으로 시작한다. 영화 '토이 스토리'를 본 후 아이는 모든 장난감들과 인형이 우리가 잠든 밤에 깨어나 논다고 믿고 있는데 아이가 과연 언제까지 이런 동화 같은 이야기를 믿어줄지 모르겠다.

밤새도록 선물 배달 하느라 배고픈 산타할아버지를 위해 트리 앞에다 우유와 쿠키를 놓아 두고, 밤에만 활동하는 요정들이 어젯밤엔 어떤 나무 아래에서 놀았는지 궁금해하는 아이의 순수한 마음을 지켜 주고 싶어 나는 모두가 잠든 밤 이리도 바쁘게 이 화분에서 저 화분으로 요정을 옮기고 있다. 아이가 산타할아버지와 요정을 믿는 마음을 오래도록 간직할 수만 있다면 이런 수고쯤이야 몇 년이라도 더 할 수 있을 것 같다.

독일의 경우 꽤 오래된 숲 교육 역사를 가지고 있다. 1968년부터 시작된 숲 유치원은 현재 500개가 넘는 곳에서 운영되고 있고 우리나라도 이젠 제법 숲 교육이 자리를 잡아가고 있는 듯 하다. 숲 유치원이란, 말 그대로 숲으로 가는 유치원이다. "나쁜 날씨는 없다. 나쁜 복장이 있을 뿐 Es gibt kein schlechtes Wetter, nur die falsche Kleidung!"이라는 독일 속담처럼 아이들은 비가 오나 눈이 오나 바람이 부나 어김없이 숲으로 간다. 계절과 날씨에 맞는 복장만 갖추고 있다면 숲에서 아이들이 활동하는 것은 전혀 문제되지 않는다.

　전통적인 숲 유치원의 일과는 걷기에서부터 시작된다. 아이들이 야외에서 활동하기 전 충분히 몸을 따뜻하게 만들어 주는 단계다. 본격적인 숲 활동을 시작했을 때 근육이 놀라지 않도록 하기 위한 준비운동인 셈이다. 걷기가 끝나면 활동이 시작되는 모임터에 동그랗게 모여 앉아 노래를 부르거나 선생님으로부터 요정의 숲 이야기를 듣는 것으로 하루 일정이 시작된다.

　스위스 링겐베르그ringgenberg 숲에 있던 타타툭 숲 유치원의 첫 일과도 작은 그루터기 앞에서 시작되었다. 동그랗게 모여 앉은 아이들은 나무 그루터기 위에 도토리, 낙엽, 작은 꽃 화분들이 소복하게 얹어진 미니어처 숲에서 맘껏 노는 손가락 요정들을 만난다. 선생님이 손가락 인형으로 하루를 시작하는 짧은 이야기를 만들어 들려 주고, 그 이야기를 듣는 아이들의 눈이 반짝거린다. 공간을 만드는 것은 어른이지만 그 공간을 채우는 상상력은 아이들의 몫이다. 아이들은 잘린 나무 그루터기 하나만 있어도 그 안에서 수많은 이야기를 상상한다.

　숲과 자연은 아이들의 신체를 단련해주는 효과 외에도 정신적인 안정감을 주고 창의력을 무한대로 자극한다. 아이와 집에서 식물을 키우거나 정원을 가꾸고 있다면 이 요정의 정원 fairy garden 하나쯤 꼭 만들어 보라고 추천하고 싶다. 아직 요정을 믿는 아이도, 그렇지 않은 아이도 심지어 마흔을 넘긴 이 아줌마에게도 충분히 즐겁고 힐링되는 시간을 만들어 준다.

피터팬은 말한다. 아이들이 만약 요정의 존재를 믿지 않으면 어디선가 존재하는 요정들(팅커벨)이 하나씩 쓰러져 죽을 거라고. 어쩌면 이 세상도 마찬가지가 아닐까? 내 가치를 인정하는 사람이 있을 때 비로소 내가 진짜로 존재하게 된다. 존재를 부정한다면 분명 인간이든 어떤 이야기든 모두 시들어 죽게 될 것이다. 그러니, 무조건 요정이 없다고 단정짓지 말자. 우리가 요정을 이야기하고 믿는 일을 계속 한다면, 그렇게 곳곳에 생명의 에너지가 드러날 수 있도록 용기를 북돋아 준다면, 분명 어딘가 살아 있는 진짜 요정들에 의해 신비로운 치유의 힘, 마법 같은 일들이 정말 일어날 것이다.

페어리 가든 Fairy Garden
만들기 ①

코로나 때문에 오프라인 쇼핑이 어려워 거의 대부분 토분을 온라인으로 구입하고 있다. 재질의 특성상 아무리 포장을 잘 한다 하더라도 깨져서 올 때가 많다. 버리기 아까워 모아 둔 토분을 사용해 색다른 화분을 만들어 보자. 물론 일부러 깨서 만들어도 충분히 가치가 있으니 꼭 한번 시도해 보길 바란다. (토분을 일부러 망치로 깨는 맛이 아주 짜릿하다!)

깨진 토분의 조각들은 계단을 만들어도 좋고 울타리를 만들어도 좋다. 흰 자갈을 이용하여 길을 내어 주는 것도 방법이다. 되도록 배수가 잘 되는 토양을 사용하고 물을 상대적으로 덜 먹는 다육식물 또는 어린 새싹들이나 키가 작은 묘목, 허브들을 이용한다. 아이들의 눈높이에 맞춰 작은 인형이나 장난감 집을 올려주면 그럴 듯한 요정 정원이 완성된다. 완성된 정원은 한동안 아이들의 놀이터가 될 것이고, 우리가 잠든 밤 그곳을 이용(?)할 요정들과 인형들에게도 더할 나위 없이 좋은 공원이 되어줄 것이다.

너는 나의 봄이다: 아이와 식물 그리고 나

페어리 가든
만들기 ②

집에서 생활하는 시간이 많다 보니 배달 음식도 자주 시켜 먹게 되는데 그로 인해 집에 플라스틱 용기가 넘쳐난다. 평범한 반찬통이었던 투명 플라스틱 용기를 이용해 다육식물 정원을 만들 수도 있다. 포장 용기 아래 구멍을 뚫어도 좋고 가능하지 않다면 가장 아래쪽에 자갈을 깔고 그 위로 배수가 잘 되는 흙을 깔아 배수층을 만든다. 많은 물을 필요로 하지 않는 다육식물의 경우 소량의 물만으로도 성장이 가능하기 때문에 용기에 따로 구멍을 뚫어주지 않아도 무방하다.

비밀친구:
그들의 말에 귀 기울여보아요

아이에게 비밀친구가 생겼다!

코로나가 발발한 지 1년 반이 지났지만 확산세가 잡히기는커녕 '델타'라는 이름을 가지고 더 빠르게 퍼지고 있다. 하루 확진자 수가 5만 명에 육박하자 인도네시아 정부는 전보다 훨씬 강력한 락다운을 시작했다. 재택근무를 하고 주요 도로들은 모두 폐쇄되었다. 사택 내에서의 교류도 암묵적으로 금지되는 바람에 옥상도 이용할 수 없고 아이와 남편 그리고 나 우리 셋은 그야말로 24시간 내내 붙어 있다. 물론 나나 남편과 놀긴 하지만 이미 친구의 맛을 알아버린 여섯 살 아이가 몇 달째 집에서 혼자 노는 게 안쓰럽다. 이럴 땐 형제라도 하나 더 있었으면 좋았겠다 싶은 생각도 든다. 이런 상황이니 가끔씩 찾아오는 그 비밀친구는 아이에게 너무나도 소중하고 귀한 존재다.

아이는 내 코를 세 번 '톡 톡 톡' 두드린다. 그럼 아이 앞에 6살 아이가 나타난다. 이름은 나와 똑같다. 그렇다! 나는 아이의 동갑내기 비밀친구다. 아이는 아직 믿을 수 없을 만큼 순수해서 자기 앞에 6살의 (어린 시절) 엄마가 진짜로 나타난다고 믿는다. 엄마에게 하지 못했던 말도 비밀친구에겐 모두 털어놓을 만큼 둘은 이미 세상에서 가장 친한 단짝이 되었다. 엄마일 때 듣지 못했던(?) 아이의 진심이 자꾸 알고 싶은 나는 하루종일 비밀친구와 엄마 사이를 오가는 불꽃 연기를 펼친다. 비밀친구로든 엄마로든 아이의 이야기를 들어주는 일은 언제나 즐거운 일이다. 하지만 이제 그만 아이의 친구가 아닌 내 친구들과 신나게 수다를 떨고 싶다…….

사춘기가 아직 안 된 아이들의 엄마들만큼 남의 말을 많이 들어야 하는 사람들이 또 있다. 바로 '배우'라는 직업을 가진 사람들이다. 그들은 끊임없이 '남이 하는 말'을 소화해 '내가 하는 말'로 바꾸어 내보내는 사람이다. 배우를 오랫동안 해온 사람들의 눈과 말은 그래서 깊이가 있다. 본인의 삶 뿐 아니라 다양한 사람의 삶을 연기하며 쌓아 온 내공이 추가되어 있기 때문이리라. 그래서 그런지 타인의 이야기를 몸 속 구석구석 장착한 연륜 있는 배우들이 들려 주는 이야기는 타인의 이야기를 듣지 않고 살아 온 많은 사람들의 구겨진 마음을 쫙쫙 펴 주기도 한다.

일본의 '키키 키린'이란 배우를 좋아한다. 일본 국민 할머니이기도 했던 그녀는 다양한 작품에서 심술궂은 엄마, 조금 독특하고 재미있는 할머니 역할을 주로 했다. 그녀는 죽기 직전인 75세까지 작품 활동을 쉬지 않고 했다. 오랜 세월 연기로 다른 사람들의 말을 대신 전하던 한 배우는 그렇게 자신만의 단단한 신념으로 인생의 내공을 쌓았다.

배우 일에 특별히 집착하지 않아요. 그것보다 우선 한 인간으로서 어떻게 살 것인지가 중요하죠. 그래서 평범하게 살아요. 청소도 하고 빨래도 하면서. 평소에 배역 연구같은 것도 안 해요. 현장에서 분장을 하는 순간 그 배역의 마음을 알겠으니까, 나한테 배우라는 직업은 그 정도예요
　　—《키키 키린: 그녀가 남긴 120가지 말》(항해, 2019) 중에서

삶의 모든 열정을 내가 하고 있는 일에 몸과 마음을 죄다 쏟아 내는 사람도 있지만 주어진 일에 더도 말고 덜도 말고 딱 그만큼의 최선만 하는 사는 사람도 있다. 나보다 조금 덜 산 사람들에게 나도 그렇게 말해 줄 수 있었으면 좋겠다. 너무 열심히 살지 않아도 된다고, 딱 할 수 있는 만큼만 해도 괜찮다고,

모두를 만족시키는 게 그렇게 중요한 건 아니라고, 시크하고 당당하게 말해 줄 수 있었으면 좋겠다. 하지만 나도 75세 정도는 되어야 그 말에 힘이 실릴 것 같다.

우리나라에도 그녀와 비슷한 분위기를 가진 배우가 있다. 바로 윤여정. 그녀가 과거 한 예능 프로에서 나와 했던 말을 기억한다.

"아쉽지 않고 아프지 않은 인생이 어디 있어, 다 아프고 다 아쉬워, 그래서 나는 부족과 허물을 숨기고 후회할 바엔 그저 재미나게 사는 게 목표야."

윤여정 배우가 우리에게 던지는 말이 키키 키린의 말과 꼭 닮았다. '미나리' 라는 영화로 우리나라 최초 오스카 여우 조연상을 받던 날 그녀가 했던 수상 소감은 인상적이었다. 혼자 두 아들을 키우며 평생을 보통의 엄마로 살 수 없어 미안했다는 그녀는 자신의 아들들에게 일하러 나가라고 말해줘서 고맙다고 했다. 이것이 엄마가 열심히 일한 결과물이라며 트로피를 들어 활짝 웃어 보였다. 뭉클하고 유쾌한 순간이었다. 주어진 상황에 더도 말고 덜도 말고 딱 내가 할 수 있는 만큼의 최선을 다하는 것. 그리고 부족한 것들을 후회하는 대신 현실을 유쾌하게 받아 들이는 것, 인생 선배로서 그녀들이 우리에게 하는 말에 삶의 명쾌한 답이 있다.

오늘 오전, 햇살이 좋아 베란다 문을 활짝 열고 아이와 나란히 거실 바닥에 누워 일광욕을 하고 있었다. 그러다 창가에 놓인 몬스테라의 커다란 구멍 너머로 뭔가 삐죽하게 올라온 것을 보았다. 분명 몇 주 전 잎이 나오기도 전에 해충으로 인해 상해서 잘라 준 줄기였다. 몬스테라는 기존 줄기에서 새 잎이 나고 그 잎이 자라 또 다른 새 잎을 내며 성장한다. 잎은 잘려 나가고 줄기만 덜렁 있던 곳에서 새 잎이 나는 경우를 처음 보았다. 그래서 그것이 가능한 일이라고도 생각해보지 못했다. 어떠한 결핍에도 자라게 할 핵심 요소만 갖춰 진다면 저렇게 자라고 만다!

무언가를 충족해 줄 열 가지 요소 중 단 하나만 부족해도 우리는 분명 잘 될 리 없다고 단정 지을 때가 많다. 바이러스 때문에 외출을 마음대로 할 수 없으니 스트레스를 해소할 수 없어 자꾸 채울 수 없고 부족한 것들만 보였다. 마음의 크기는 바늘 구멍보다 작고, 실 하나 넣는 일에도 짜증만 날 뿐이었다. 그런데 왠걸, 필요한 열 가지 중 필요한 핵심 한 두 가지만 있어도 저리 자라고 있지 않은가. 실패한 순간, 딱 거기서부터 다시! 필요한 핵심 몇 가지 챙겨 재미있게 살면 그 뿐이란 사실을 몬스테라 구멍 저 너머로 빼꼼 고개 내민 새 잎에서도 발견한다. 이것이 바로 살아 있는 모든 것들의 말에 귀 기울여야 할 이유다. 대상이 사람인지 식물인지는 중요치 않다. 매일매일 주변의 것들이 들려주는 수많은 말들에 귀를 기울이고 그 말 속에 숨겨진 답들을 부지런히 적어 두어야겠다. 그것이 비록 식물의 말 또는 스쳐 지나가는 아이의 말일지라도 말이다.

아이의 비밀친구는 코로나 바이러스와 함께 언젠가 사라질 것이다. 학교로 돌아간 아이는 비밀친구를 찾지 않아도 될 만큼 많은 친구를 사귀게 될 테니. 머지않아 다시는 비밀친구를 만날 수 없을 거라는 말에 아이가 운다. 시간이 흘러 아이가 내 글을 이해할 수 있을 만큼 자라 이 글을 읽게 된다면, 그래서 사실은 비밀친구가 엄마의 자작극이었음을 알게 된다면 엄청난 배신감을 느낄지도 모르겠다. 하지만 아이는 '여섯 살 치곤 아는 것이 꽤 많았던' 비밀친구 덕분에 누구도 만날 수 없던 그 시절, 친구끼리만 할 수 있는 이야기들을 나누고 풍성한 추억을 가졌던 사실을 부정할 순 없을 것이다. 혹시라도 아이가 '그때 참 재미있었지'라고 말해 준다면 나 또한 더할 나위 없이 행복할 것 같다. 그러니 지금은 비밀친구로서 충실히 아이의 말에 귀 기울여야겠다.

Chapter 3

꽃은 지지만
다시 필 것이다

잡초라고
누가 그러던가요?

아이들을 따라 숲을 걸었다. 가장 선두엔 선생님이 계셨고 그
뒤로 3~5세 아이들 8명이 씩씩하게 두 발을 땅에 내디디며 뒤
따라 걸었다. 아이들은 걷다 말고 주저 앉아 개미를 보기도 하
고 나뭇잎을 주머니 가득 넣거나 도토리를 작은 손안에 쥐고
있다가 슬쩍 내 손바닥 위에 올려 놓고 갔다. 숲 입구에서 모임
터(일종의 숲속 교실이다. 컨테이너로 된 실내 공간과 그 주위로 동
그랗게 모여 앉을 수 있는 나무 그루터기가 있다)까지 거리는 직선
거리로 200미터 남짓이었지만 그 사이 선생님은 아이들에게
서두르라고 재촉하지도, 일어서라고 채근하지도 않았다. 그렇
게 30분 가량 걷고, 보고, 만지며 도착한 모임터에 동그랗게 모
인 아이들은 직접 들고 온 물통의 물을 꺼내 마셨다. 필요하면
도움을 요청하지만 대부분의 아이들은 스스로 가방에서 물통

을 꺼내 뚜껑을 열고 물을 벌컥벌컥 잘도 마셨다. 아이들이 물을 마시는 동안 선생님은 걸어오며 다친 곳은 없는지 살폈다. 한 아이가 오는 길에 벌레에 물렸는지 팔을 계속 긁어댔다. 눈으로 보기에도 빨갛게 부어 올라 있었는데 선생님은 일어나 우리가 걸어 왔던 오솔길 옆 바위 틈 어딘가에서 무언가를 가져 오셨다. 연고라도 숨겨두었나 싶어 가만히 보고 있으니 바닥에서 풀 하나를 뜯어와 손톱으로 몇 번 비비고 짓이겨 아이 팔 위에 얹었다. 아이도 한 두 번 경험해 본 일이 아니라는 듯 대수롭지 않게 "뷔거리히!" 라고 말하고 그냥 그리 얹어 둔 채 옆 친구와 이야기를 나누었다.

수업에 방해가 될까 싶어 기다렸다가 모든 일정이 끝나고 선생님께 여쭈어 보았다. 아이 팔 위에 올려 주셨던 풀의 정체는 질경이였다.(독일어로 질경이를 뷔거리히 Wegerich_ 라고 하는데 'Weg'는 길이고 모습을 뜻하는 '-rich'가 합성된 말로 길의 모습, 즉 길가에 핀 풀 이란 뜻이다)

위의 이야기는 지금으로부터 11년 전 2009년 혼자 떠났던 유럽여행에서 무작정 하이덴하임 Heidenheim (독일 프랑크푸르트에 있는 도시)에 있는 숲 유치원을 방문했을 때 일이다. 오래 전 일이라 기억이 가물가물해도 수박처럼 줄무늬가 있던 동글동글한 질경이의 잎은 또렷하게 기억난다.

숲에서 갑자기 벌이나 벌레에 물렸을 때 주변에 이 질경이 잎이 보인다면 잎 하나를 조금 빻아 상처 부위에 놓아주면 금방 가라 앉는 효과가 있다. 정말 거짓말처럼 붓기가 금방 가라 앉는다. 그리고 몇 년이 지나 숲 교육에 관련된 일들을 하면서 만났던 숲 유치원 교사님들을 통해서도 질경이의 미담은 수도 없이 들을 수 있었다.

사람이 자주 다니는 길가에 풀이 보이면 일부러 고개를 숙여 질경이가 있는지 습관적으로 찾아 보곤 하던 시절이 있다.

자꾸자꾸 밟아줘야 잘 자라는
질경이(학명:Plantago asiatica L)

여러 해를 사는 풀로 무리지어 길 가, 빈터, 논, 밭, 양지 음지 가리지 않고 사람이 좀 밟아준다 싶은 땅에서 흔히 보이는 풀입니다. 전 세계적으로 없는 곳이 없을 정도로 흔한 식물이지요. 잎은 둥근 모양이고 여러 줄무늬를 갖고 있어요. 잎을 잡아 뜯어 보면 잎줄 부분에 실처럼 가는 줄(섬유질)이 쭉 늘어나는 것을 볼 수 있습니다. 우리나라에서는 예로부터 이 질경이를 나물로 먹었다는 기록이 있어요. 길에서 나는 나물이라 하여 '길경이'에서 '질경이'로 이름이 바뀌었고 경북 영천에서는 '베짱이'라고도 부른다고 합니다. 동의보감에서 '길경이'와 '베짱이' 모두 한글로 기록되어 있습니다. 이미 500년이 넘도록 이뇨, 해열, 항균, 거담 작용을 하는 약초로 이용되어 왔으니 어찌 이 녀석을 잡초라 부를 수 있을까요?

잡초라고 하기엔 너무 훌륭한데다 직접 눈앞에서 그 효과를 확인하고 나니 그때부터는 그저 그런 풀이 아니게 되었다. 질경이에 대한 자료를 찾아 볼수록 스토리가 무궁무진하고 재미있어서 지금도 길가에서 이 녀석을 만나면 꼭 함께 있는 사람을 붙잡고 몇 번을 말해도 부족한 잡초의 기특함에 대해 자식 자랑하듯 줄줄이 읊어주곤 한다.

속명으로 명시된 'Plantago'는 라틴어로 '밟히다'라는 뜻을 갖고 있는데 땅속 줄기를 이용해 길가 빈터에서 자라다가 사람과 소를 타고 이동한다. 무슨 말인가 하면 사람과 동물들의 발에 밟히는 순간 그 발에 딱 붙어 다른 곳으로 퍼져 나가는 것이다. 중국어로는 차전초車前草라 부른다. 중국 한나라 때 전쟁터에서 먹을 양식이 없어 군사들과 말이 허기와 병으로 죽어가려는데 한 말이 수레바퀴 마차車 앞前에 나는 풀草을 뜯어 먹고 기운을 차렸다는 이야기에서 나온 이름이다. 밟혀야 번식하고 잘 자라는 습성 때문에 산에서 길을 잃었다 해도 이 풀이 땅에 나 있다면 인가가 가까워졌다는 징표로 삼기도 했다는 말도 있다.

그뿐이 아니다. "질경이씨에다 기름 붙여라"라는 속담도 있다. 옛날에 한 효자가 살았는데 아버지를 여의고 그 얼굴을 한 번 더 보고 싶어 아들은 100일간 기도를 드린다. 기도 마지막 날 백발 노인이 나타나 죽은 사람은 보고자 하는 것이 아니고 인간세계와 영의 세계의 법도에도 어긋나는 일이라고 타이

꽃은 지지만 다시 필 것이다

른다. 하지만 아버지를 보고 싶어하는 간곡한 부탁에 방법을 알려준다. 질경이 씨로 기름을 짜서 아버지 제삿날 불을 끄고 기름을 붙이면 죽은 아버지 얼굴을 볼 수 있다는 것이다. 결국 아들은 아버지가 퉁퉁 부어 상해가는 모습으로 아들을 원망스럽게 보다 사라지는 것을 경험했고, 그 이후 다시는 죽은 아버지를 보려 하지 않았다는 이야기가 있다. 질경이의 씨앗이 죽은 사람도 불러 낼 수 있을 만큼 영혼을 맑게 한다는 전설 같은 이야기다. 숨겨진 이야기가 이렇게 많은 잡초가 과연 또 있을까 싶다.

어린잎을 살짝 뜨거운 물에 데쳐 갖은 양념으로 무쳐 먹거나 된장을 풀어 국을 끓여 먹어도 좋다고 하는데 본격적으로 키우고 싶어 작정하고 밭에다 심으면 웃자라 죽게 된다고 한다. 오솔길이나 길가에 심고 자주 밟아주는 수밖에 없다. 5월에 초록 잎이 가득했다가 6~8월 장마철에 물과 만나 부지런히 하얀 꽃을 피운다. 그렇게 가을이 되면 10월쯤 흑갈색의 얇은 솜방망이 같은 씨앗들이 다닥다닥 붙어 갈고리 모양을 장전하고 있다가 동물과 사람들의 발, 신발, 옷들에 달라 붙어 이사도 가고 여행도 간다. 그렇게 이동한 씨들은 가만히 기다렸다 비를 만나고 적당한 때가 되면 또 그곳에서 저마다의 우주를 펼치고 또다시 꿋꿋하게 살아간다.

그들이라고 왜 좋은 환경에서 살고 싶지 않았겠는가! 다만, 질긴 잎을 가지고 있음에도 자기보다 연약한 식물들에게 자꾸 자리를 뺏기니 본인의 살길을 찾아 자리 잡은 곳이 길가(!)였던 것이다. 대부분의 식물들이 밟힐까 무서워 얼씬도 못하는 바로 그곳. 모든 생명체가 좋아하고 만족하는 최적의 환경은 같다. 하지만 그런 조건을 당연히 보상해 주거나 제공하는 사회는 어디에도 없다. 서로 경쟁하고 환경에 적응하며 최선을 다해 각자 살아 남아야 한다.

이것이 자연의 본질이고 진리다. 세상 곳곳 인간의 발길 닿는 곳엔 질경이가 있다. 그리고 그들은 생명 부지의 보답으로 인간에게 작은 '치료'를 항시 제공한다.

아이들은 숲과 자연에서 자라게 해야 한다는 생각은 십 년 전이나 지금이나 변함이 없다. 한창 땅과 흙, 숲에 심취되어 있던 시절이 있었다. 분명 땅에 뭔가가 있다고 확신했기 때문이다. 영 근거 없는 이야기도 아니다. 실제로 많은 학자들은 흙 속에 비밀이 있다고 말하고 있으니까. 수억 가지 종류의 미생물들이 그 안에 살고 있고, 아이들은 그 미생물을 가까이 만지고 흡입함으로 그들의 좋음과 나쁨을 모두 취한다. 살면서 그리 많은 미생물들을 마주할 기회는 땅에서 말곤 거의 없다고 봐도

꽃은 지지만 다시 필 것이다

무방하다. 좋은 미생물들이든 나쁜 미생물이든 그들은 우리 몸 속 면역체계를 강하게 만든다. 하지만 이 좋은 기회를 우리는 자주 놓치고 살고 있다.

1년 반 사이에 아이들의 시력 건강에 이상이 생긴 경우가 많아졌다는 기사를 보며 생각했다. 교실에 가는 대신 컴퓨터 앞에서 보내는 시간이 많으니 어쩔 수 없다 싶으면서도 실내 생활을 오래 해서 그런 것이 아닌가 싶다. 자연 일광이 부족할 때 근시가 생긴다. 해를 보지 않는 것도 '자연 결핍'이다. 근시는 안구의 길이가 성장할 때 생기는데 일광 결핍은 안구가 길게 자라는 결과로 이어진다. 눈이 건강하게 성장하려면 무조건 햇빛과 자연적 대상이 필요하다.

인공 조명을 너무 오래 접하거나 실내 공간에 자주 머물 때 눈의 성장은 방해를 받는다. 도시의 아이들이 시골 지역 아이들 보다 근시가 많은 것도 이 때문이다. 어디 시력뿐일까? 자연과 멀어지면 자주 몸이 아프다. 가까워지면 치유된다. 그렇게 굳은 믿음으로 빛을 따라 간다면 분명 오랜 시간이 걸리더라도 그 마지막엔 회복과 성장이 기다리고 있을 것이다. 돌멩이를 보며 미소 짓고 식물과 아이의 발가락을 보며 따뜻해졌던 일상의 순간에도 역시 빛이 있었다. 빛을 따라 가는 건 결코 식물만이 아니다.

질경이 잎

이 세상 존재하는 수많은 풀 중 이름 하나 기억하는 것도 꽤 낭만적이지 않나요?

꼭! 알려 드리고 싶었던 풀입니다.

이런 멋진 잡초 하나쯤 알고 있다면, 숲속에서 혹시라도 내 아이에게 또는 나에게 응급한 일이 생겼을 때 대처할 수 있는 든든한 무기 하나쯤 갖고 있는 것과 같지요!

꼭 기억했다가 위기의 상황이 닥치면 요긴하게 활용하시기 바랍니다.

이제 10년도 더 지난 일이다. 나 홀로 배낭여행을 준비하면서
그 당시 한창 관심 있던 독일의 숲 교육 현장을 눈으로 직접 보
고 와야겠다는 마음으로 네다섯 개의 숲 유치원에 메일을 보
냈다. 다행히 프랑크푸르트의 한 유치원에서 방문 허가 답신이
왔고 그 여행은 오래도록 내가 하고 싶은 일들에 대한 초석을
다져 주는 기회가 되었다.

운이 좋았던 건지 기관을 방문하기로 한 날 재미있는 실험
결과를 목격했다. 두 달여 묵혀둔 쓰레기 더미의 결과를 확인
하는 날이었던 거다. 두 달 전, 두 개의 장소를 정해 한 곳엔 숲
속에서 아이들이 산책하며 함께 수거한 쓰레기(플라스틱 페트병
과 비닐 등)들을 묻고 다른 한 곳엔 낙엽과 나뭇가지, 나뭇잎을

잔뜩 모아 묻어 놨었다고 했다.

외부 방문객이 온 김에 겸사겸사 보여주고 싶으셨는지 그날 쓰레기 더미를 파보자며 장갑과 삽을 준비해 숲으로 갔다. 4살에서 6살로 구성된 숲 유치원 아이들은 옹기종기 모여 앉아 막대기로 살살 땅을 파기 시작했다. 한 아이의 말에 의하면 낙엽과 나뭇잎을 쌓았던 더미는 선생님 무릎까지 높았다고 한다. 두 달이 지난 그날의 낙엽 더미는 선생님 발목까지 훅 꺼져 있었다. 낙엽이불을 살살 걷히니 우글우글 지렁이가 한 트럭이다. 아이들도 나도 동시에 꺄악! 소리를 질렀다. 물론 아이들의 목소리와 내 것과의 온도는 전혀 달랐지만 말이다.

살다 살다 그렇게 많은 지렁이를 한꺼번에 보는 건 처음이었다. 내가 알고 있는 지렁이 말고도 몸뚱이가 얇은 새빨간 지렁이부터 지금껏 한 번도 본 적 없던 곤충들과 벌레들이 갑자기 들어온 해를 피하기 위해 땅속으로 파고 드느라 바빴다.

아이들은 옳고 그름을 어른들의 반응으로 판단한다. 어른들이 싫어한다고 느끼면 아이들은 그 것이 '나쁜 것' 혹은 '옳지 못한 것' 이라고 느끼기 때문에 아이들과 대화할 땐 웬만하면 내 개인적인 취향을 드러내지 않으려고 노력하는 편이다. 그런 이유로! 그 순간 눈살을 찌푸리면 안될 것 같아 최선을 다해 웃어 보였다. 우글우글한 지렁이를 차분히 관찰하려고 애쓰느라 등에선 식은땀이 주르륵 났다. 그런데 신기했다. 조금 어이없게 들릴 수 있겠지만 계속 들여다 보고 있으니 투명하고 통통한 갈색 지렁이의 긴 등을 쓰다듬어 보고 싶다는 생각도 들었다.

아이들과 꺅꺅! 거리며 신나게 지렁이를 보고 있는데 선생님이 말씀하셨다. 이 지렁이 선생님들(선생님이라고 칭하는 것이 인상적이었다) 덕분에 이 흙은 지금 세상에서 가장 건강한 흙이 되었다고. 낙엽과 나뭇잎을 먹은 지렁이는 똥을 누고 그 똥이 이 땅을 훨씬 부드럽게 만들어 나무가 잘 자랄 수 있게 도와준다며 활짝 웃으셨다.

낙엽 속 지렁이를 관찰한 뒤, 플라스틱과 비닐을 묻었다는 곳을 보기 위해 자리를 옮겼다. 예상대로 모든 것들은 사라지지 않고 그대로였다. 아이들은 묻어둔 썩지 않은 쓰레기들을 모두 걷어서 바구니에 넣고 집으로 가져가기로 했고 지렁이가 우글거리는 땅엔 토마토와 끝에 작고 동그란 자주색 무가 달리는 채소 씨앗을 심었다. 모르긴 몰라도 몇 달 뒤 그곳엔 아이들 엉덩이만큼 크고 실한 토마토와 무가 자라났을 것이다. 그리고 아이들 도시락엔 더 이상 썩지 않는 일회용품들이 딸려 오지 않았을 것이다.

지렁이가 땅속을 얼마나 아름답게 만드는지 우린 어릴 때부터 교과서에서 수없이 배워 알고 있다. 다만 그 매끈하고 길쭉한 비주얼을 차마 눈뜨고 볼 수 없을 뿐이다. 나 역시 그들을 태연하게 웃으며 마주할 용기는 여전히 없다. 그러고 보면 지렁이 입장에선 참 억울하겠다 싶다. 사람을 무는 것도 아니고, 독을 퍼트리는 것도 아니고 그저 자기 살 길 찾아 바지런히 움직이다 먹고 싸고 먹고 싸는 일밖에 하는 게 없는데 사람들이 자기만 보면 기겁을 하고 소리를 질러대니 말이다.

여기서부터는 교과서에서 언급했던 바로 그 이야기를 조금 하려 한다.

지렁이는 땅속에 있는 것들을 먹고 자기에게 필요하지 않은 것들은 모두 배설한다. 몸밖으로 나오는 배설물 안에는 엄청난 것들이 들어 있다. 지렁이의 배설물에는 일반 흙보다 질소는 5배, 인산 7배, 칼륨 11배가 더 들어 있다고 한다. 거기다 약알카리성분을 띄고 있어 산성토양인 경작지의 PH를 개량하는 데 탁월한 효과가 있다.

지렁이가 하는 일은 또 있다. 그 미끄덩한 몸으로 땅을 이리저리 기어 다니며 길을 만드는데 이것은 토양에 공기가 잘 통하도록 도와주고 배수를 용이하게 만든다는 것이다. 요즘은 퇴비로 '지렁이 분변토'를 팔기도 하니 이쯤 되면 지렁이 이 녀석! 큰 소리를 뻥뻥 쳐도 되겠는데? 전세계에 분포된 지렁이의 종류는 7천 종이 넘는다. 그 와중엔 우는 지렁이도 있다고 들었다. 예전에 할머니가 배 아프다고 하면 누워있는 내 배를 문질러 주면서 "야야 밖에 지렁이 운다"고 그러셨다. 진짜 지렁이가 어떻게 우는지 너무 궁금했었다. 나도 할머니 나이쯤 되면 지

실내로 식물을 들이셨다면
빠른 시일 안에 깨끗한 흙으로 갈아 주세요!

지렁이가 배설해 둔 자연의 흙이 얼마나 훌륭한지 잘 알고 있습니다. 하지만 실내에서 식물을 키울 경우엔 세균이 없는 인공토양을 섞어 사용해 주는 것이 좋습니다. 화원에서 사용하는 흙은 보통 질이 떨어지는 경우가 많고, 외부에 장기간 노출 되어 있어 (지렁이 외) 각종 벌레들이 포함되어 있기 때문입니다. 그래서 저는 실내에서 키울 식물들은 빠른 시일 안에 깨끗한 흙으로 갈아 줍니다. 가끔 치명적인 병을

꽃은 지지만 다시 필 것이다

옮기는 벌레나 진딧물 등이 딸려 와 집안의 식물들로 옮겨 붙어 낭패를 보는 일도 생기거든요. 그러니 꼭 깨끗하고 안전한 흙으로 바꿔 주십시오.

정원용 인공 토양으로는 코코피트, 피트모스, 질석, 펄라이트, 제오라이트, 규조토, 부엽토 등이 있습니다. 식물이 필요로 하는 조건에 맞춰 알맞은 비율로 섞어 사용하면 되지요. 식물에 맞는 인공 토양의 배합 비율은 연구도 많이 되어 왔고 자료도 많은 편이지만 딱히 정해진 것은 없습니다. 그때그때 알맞게 섞어 사용하면 되고 그게 어렵다면 적절히 섞어 만든 혼합토를 구매해서 사용하시면 됩니다. 가끔 '지렁이 분변토'를 포함한 다양한 퇴비(액비)로 영양을 채워 주세요.

렁이 우는 소리쯤 구별해 들을 수 있을까? 그것 또한 궁금하다.

깨끗한 인공토양으로 집안의 화분을 채워 두었음에도 불구하고 가끔 어디서 어떻게 나타났는지 출처를 알 수 없는 손님들이 찾아오곤 한다. 색깔도 이상한 버섯부터, 분명 잡초는 아닌 것 같은데 뭔진 아무리 찾아도 알 수 없는 식물들이 여기저기 싹을 틔운다. 예정에 없던 버섯과 풀 손님도 있지만 오늘처럼 예정에 없던 지렁이 선생님과도 대면할 때가 있다. 지렁이 선생의 훌륭함을 너무도 잘 알고 있지만 여전히 내 심장은 그를 담기에 너무도 작아, 식은땀이 나고 온 몸이 간질간질 거리는 느낌이다.

눈 딱 감고 그를 고이 나무 젓가락에 올려 대문 밖 저 드넓은 대지로 옮겨 드렸다. 괜히 아이 보기가 멋쩍어 일장 연설이다. 적어도 내 아이만큼은 지렁이를 밟아 죽이거나 나무 막대기로 지렁이 선생의 몸을 두 동강 내지 않길 바라는 마음으로 지렁이에 대한 찬사를 한참 늘어 놓았다. 언젠가 다시 손바닥만한 땅이 내 삶에 주어진다면 그땐 7천 개의 지렁이 중 웬만하면 우는 지렁이를 골라 서너 마리 키워 보고 싶다. 그땐 지렁이 선생님을 귀하게 모셔 주방 쓰레기도 흙내 나는 퇴비로 만드는 일까지 서슴지 않고 해 보리라. "지렁이가 땅을 살리고, 땅은 사람을 살리고, 사람은 다시 지렁이를 살린다"라는 플래카드도 큼지막하게 써 붙일 예정이다.

시선이 머무는 곳엔
항상 빛이 있다

저녁 설거지를 끝내고 거실에 나와 아이가 놀던 장난감들을 정리한다. 지난 해 바다에서 아이가 주워 온 돌맹이는 오늘 손가락 만한 토끼 인형들의 의자가 되어 있다. 허리를 굽혀 돌을 줍는다. 그리고는 손바닥 위에 올려 놓고 가만히 본다. '어쩜 이렇게 모난 구석 하나 없이 매끈하게 잘 깎였을까?' 동그란 자갈을 소철화분 위에 잠시 올려 두니 그날의 바다가 떠오른다. 잠시 내 마음도 그 위에 앉아 바닷바람을 맞는다.

　매일 아침 눈을 뜨면 커튼을 젖히고 베란다 창문을 연다. 화분 안으로 손가락을 쿡쿡 넣어 보다가 쪼르르 따라 나온 아이의 발 끝에 시선이 멈췄다. 어른 슬리퍼를 신고 서 있는 아이의 동글동글한 엄지 발가락과 절반이나 앞으로 쏟아져 나온 하얇고 뽀얀 발등이 꼭 복숭아 같다. 고개를 옆으로 돌리니 아이가 방금 분무를 하고 지나간 자리, 아이 손가락처럼 짧고 통통한 홍콩야자 어린 잎 위로 동그란 햇살이 앉아 있다. 그 위로는 짜맞춘 듯 똑같은 사이즈의 물방울이 포개져 반짝거린다. 그 순간만큼은 물방울이 보석이다. 아이의 눈에도, 저 어린잎들에게도 똑같다.

땅, 빛, 바람, 물, 생명(식물). 이것은 '캡틴 플래닛'('출동! 지구특공대Captain Planet and the Planeteers')의 구호가 아니다. 요즘 잘 나가는 공간을 구성하는 데 가장 중요한 요소들이고, 동시에 코로나19로부터 우리들을 겨우 숨 쉬게 해주는 귀한 것들이다. 할머니들의 취미로 취급 받던 가드닝은 전 세계 다양한 세대를 아우르며 가장 '힙한' 취미가 되었고 단순하고 느린 삶, 소박하고 목가적인 시골 분위기를 지향하는 사람들이 부쩍 늘었다. 사람들은 집에서 직접 빵을 굽고 친환경 소재인 라탄을 꼬아서 바구니나 가방 같은 공예품을 만든다. 종교를 떠나 인센스(향)를 태우고 돌을 수집하고 식물을 키운다. 일부러 자연의 불편함을 찾아 산과 바다로 매주 캠핑을 떠나기도 한다.

기술은 점점 도시를 향해 달려 가는데 사람들의 취미는 점점 도시와 멀어지고 싶은가 보다. 지금의 힘든 시기를 살아가

꽃은 지지만 다시 필 것이다

는 사람들의 무의식적인 도피일 수도 있고 전통적이고 이상적인 삶에 대한 동경일 수도 있겠지만 어쩌면 우리는 이미 태어날 때부터 "자연과 연결되길 바라는" 본성을 갖고 있었던 것은 아닐까?

코로나19로 대부분의 나라가 야외 활동의 제한을 두었지만 그럼에도 불구하고 많은 사람들은 마법에 걸린 듯 자꾸 나가고만 싶다. 환경 심리학자들은 자연에서의 여가를 '빙 어웨이Being away(일상에서 벗어나기)'라고 표현한다. 자연으로의 외출은 물리적 "거리두기" 뿐 아니라 갈등, 피로, 스트레스, 압박 등 부정적 심리요소들에서도 거리두기를 할 수 있다. 그런 의미로 보면 이놈의 '망할 역병'의 이유도 자연과 인류 사이의 거리두기가 필요했던 것일지도 모르겠다.

봄 꽃과 여름 바다, 가을 단풍과 겨울 눈을 보고 싶어 하는 자연스러운 마음. 이를 뒷받침 해주는 이론이 있다. 바이오필리아Biophili(Bio자연 + Phill애착). 1980년대 하버드의 사회생물학자 에드워드 윌슨이 주장한 것으로 인간은 자연과 정서적으로 친밀한 관계를 맺고 싶어 하는 본성을 갖고 태어난다는 이론이다. 인간은 자연환경 가운데 있을 때 신체적, 정신적으로 건강하고 행복감을 느낀다는 말인데 요즘 이 이론을 적용한 주거

디자인이 유행처럼 떠오르고 있다. 코로나로 인해 재택근무, 온라인 수업으로 사람들은 집 안에서 오랫동안 생활을 한다.

여행을 떠날 수 없으니 자연의 모양, 선, 색깔, 형태 같은, 자연 본연의 모습 그대로를 내가 있는 '지금 여기'로 가져 오길 원하고 자연적인 요소들을 끊임없이 소유하고자 한다. 실제로 바이오필릭 디자인은 사람들의 스트레스를 줄이고 정서적인 안정감을 준다고 알려져 있다. 녹지공간의 비율이 높을수록 스트레스가 줄고 생산성이 증가하고 직원들의 결근이 감소한다. 범죄율은 줄고, 환자들의 회복력은 빨라진다. 부동산 가격과 학생들의 학습 능률도 오른다. 식물을 모티브로 한 카페와 레스토랑이 인기가 많고 세계적인 기업들은 앞다퉈 업무공간 안으로 자연을 옮겨오고 있다. 이러한 관심은 어쩌면 자연과의 단절을 더 이상 견디기 어려운 인간 본연의 모습일지도 모르겠다.(아마존 본사 더 스피어스The Spheres는 약 6천m² 규모의 3개 유리 구로 된 업무공간을 조성했다. 그 구 안에는 3천 종의 멸종 희귀 식물이 있고 조성하는 데 4조 원이 들었다고 한다. 마이크로소프트 트리하우스 레드먼드 캠퍼스는 영화 '호빗'의 난쟁이 마을 모양을 본떠 나무 위에 사무공간을 만들었고 실리콘 밸리의 페이스북(현재 메타로 사명이 바뀜) 멘로파크 캠퍼스menlo park 옥상엔 14,568m² 크기의 허브 정원을 조성했다)

생활 속 바이오필릭 디자인 제안
(feat: 샐리 쿨타드, 《바이오필릭 디자인》 저자)

패턴이나 재료, 모양, 공간, 향기, 빛, 소리 등 모든 형태의 자연을 실내로 가져 오는 것을 시작해 보세요! 아마도 식물을 키우는 것이 첫 번째 시도가 될지도 모르겠습니다.

자연을 연상시키는 색, 예를 들면 숲이 떠오르는 초록색, 하늘색, 갈색 등을 인테리어에 적용해보거나 창가에 흔들리는 식물을 두고, 책장 한 켠에 어항을 놓는 것도 좋습니다. 천연 오일을 사용해 자연 향기를 맡을 수 있게 하는 것도 한 방법입니다. 향기 또한 감각을 자극하는 좋은 디자인 요소니까요.

세상 만물의 기원, 태양 빛을 공간 안으로 더 확장하기 위한 창가에 선 케쳐 소품을 걸어 두는 것, 자연을 모티브로 한 색, 형태의 패브릭이나 그림을 거는 것도 방법입니다. 자연에서 가져 온 물건들을 시선이 머무는 곳에 놓아두어 보세요. 따뜻한 느낌의 돌, 바닷가에서 집어온 조개껍데기, 특이한 모양의 나뭇가지 모두 좋습니다. 이것들은 청각, 후각, 시각, 촉각 같은 다감각적인 경험 뿐만 아니라 마치 어린 아이의 호기심 같은 순수함을 깨워 줄지 모르니까요. 바이오필릭 디자인의 경험은 단순히 유행하는 트렌드만을 의미하

지 않습니다. 어떤 방식을 쓰든 자연과 직간접적으로 연결
됨으로써 삶의 질을 향상시킬 수 있습니다.

꽃은 지지만
다시 필 것이다

상대적으로 꽃보다 화려한 잎을 가진 식물들이 있다. 불끈불끈 잎맥이 굵고 진해 식물계의 '헬스 트레이너'라 불러도 손색없을 알로카시아 아마조니카에 꽃이 피었다. 잎 감상하는 재미에 꽃은 생각도 안하고 있었는데 아침에 핀 꽃을 보니 스파티필름의 소박한 시골아이 버전쯤 되어 보인다. 식물들 중에 이렇게 방망이 모양의 꽃을 피우는 것들이 꽤 있다. 모두 천남성과 식물들이다.

겉에 둘러 쌓인 하얀 부분을 꽃이라 생각하기 쉬운데 사실은 '불염포'라고 부르는 변형된 형태의 잎이다. 안쪽에 하얀 방망이 부분이 진짜 꽃인 셈이다. 화려하지도 않고 볼품없다 생각하는 사람도 있겠지만 천남성과 꽃들은 매우 현명한 방법으로 전략적인 번식을 한다.

꽃들은 본디 번식을 위해 존재
하는 일종의 식물의 생식기라 볼 수
있다. 꽃이 화려할수록 곤충을 유혹
하기도 쉬워진다. 그런데 이들은 이
렇게 멋 하나 없는 방망이 모양을
하고 있으니 나비와 벌이 관심이
나 주겠나 싶다. 그래서 선택한 것이 바로 이 포다. 멀리서 봐도
꽃처럼 보이기 충분한 근사한 치마 또는 망토같이 보인다.

꽃들도 남녀 구분이 있다. 종류에 따라 조금씩 다르지만
안스리움의 경우는 1차적으로 암수의 형태를 띈 도깨비 방망
이 꽃이 올라오고 시간이 지나면서 수꽃으로 변한다. 천남성이
라고 불리는 야생화의 경우는 뿌리에 충분한 영양소를 갖고 있
지 않을 초년기엔 수꽃을 피우다가 해를 거듭하면서 뿌리에 충
분히 영양소가 쌓이면 암꽃을 피우고 열매를 맺는다. 그렇다
면 다른 꽃들에 비해 매력이 현저히 떨어지는 이 야생 천남성
은 어떻게 번식을 할까? 그들은 꽃 대신 꽃가루를 찾는 곤충들
을 공략한다. 하얀 방망이에 붙은 꽃가루 냄새를 맡은 곤충들
이 다가오면 저렇게 둘러 쌓여 있는 포가 그를 감싸 빠져나가

지 못하게 만든다. 곤충은 온몸에 꽃가루를 잔뜩 묻히고 나서야 탈출에 겨우 성공할 수 있다.

아름다운 모습의 꽃잎을 포기하고 생존 번식을 위해 기능적인 꽃잎으로 변신하는 그들의 유연함에 박수가 절로 쳐진다.

변신하면 빼놓을 수 없는 사람들이 있다. 바로 코로나 시대의 엄마들이다.

눈 떠서 눈 감는 순간까지 하루 10시간 이상을 요리사로, 선생님으로, 친구로, 엄마로, 무엇이든 뚝딱 변신해야 한다. 비

방망이 형태의 꽃
"육수꽃차례(육수화서)"

🌱

꽃이 피는 모습은 다양합니다.

꽃차례inflirescence라고 부르는 화서는 한 개 이상의 꽃이 꽃대에 모여 달리는 배열 방식을 부르는 말입니다. 꽃들이 시간차를 두고 개화하면 벌이나 벌들을 끌어드릴 기회도 늘어나기 때문이죠. 그러고 보면 식물은 참으로 지능적입니다. 꽃들이 모여 달리는 방식 중에 중앙에 도깨비 방망이 모

양의 꽃대를 가진 형태를 가진 것을 '육수꽃차례'라고 부릅니다. 이는 두꺼운 꽃대에 꽃자루가 없는 꽃들이 다닥다닥 붙어있는 모양을 하고 있습니다.

천남성과 식물(스파티필름, 안스리움, 알로카시아 등)들 꽃 대부분이 이런 모양의 꽃을 피웁니다.

우리가 생각하는 꽃의 기준에서 보면 그리 아름다워 보이지 않을 수 있지만 그들이 꽃가루를 옮기는 전략을 알게 되면 꽃을 보는 당신의 틀에 박힌 미의 기준도 달라질지 모르겠습니다.

───────────────────────────

록 아름다움 따위 포기하고 살고 있지만 아이와 내가, 가족과 내가, 사회와 내가 공존할 수 있도록 그 자리에서 최선을 다하고 있는 세상 모든 코로나 시대 엄마들에게 박수를 보낸다. 지금 그대로도 충분히 멋지고 아름답다고 한껏 껴안아 주고 싶다.

나는 지금 내 나이가 좋다. 앞선 나이대를 지나 오면서 항상 지금이 가장 좋다고 생각해 오긴 했지만 과연 40대만큼 유연한 시기가 또 있을까 싶다. 젊음과 늙음 사이를 이어주는 물렁뼈 같다고나 할까? 어떤 충격에도 쉽게 부러지지 않는 나이

◀ 알로카시아 아마조니카 꽃

▶ 알로카시아 실버드래곤의 꽃

▼ 도깨비 방망이 같은
모양을 한 꽃대 아래부터
꽃이 마치 팝콘처럼
피어올라 간다

같다. 예전엔 꽃이 지는 모습이 쓸쓸해 보여서 꽃 피는 나무를 집에서 키우지 않았다. 철이 없었다. 영영 지지 않는 것들만 보고 싶다는 편협한 마음이라니. 그런데 요즘은 잎이든 꽃이든 지는 모습을 바라보는 것이 싫지 않다. 오히려 더 애틋해서 오랫동안 그 앞에 시선이 머문다.

꽃이 진다. 한창 예쁠 때의 당당한 모습은 어디로 가고 못나게 변해버린 제 모습을 숨기려는지 자꾸 고개를 숙인다. 그 모습마저 마음이 간다. 어쩌면, 늙어가는 초라한 모습을 숨기고 싶어 그런 게 아니라 시들어 가는 것들을 제 몸으로 한껏 품어 주려는 모습인지도 모르겠다. 마흔이 넘고 나서야 나에게도 그들과 같은 너그러운 마음이 조금씩 자라고 있다. 기특하다.

두 달 이상 꼿꼿하게 꽃대를 세워 당당한 모습을 맘껏 뽐내던 스파티필름이 고개를 숙였다. 하얀 백조 같은 모습으로 우아하게 피어 있던 꽃은 질 때가 되니 흰색 잎(포)은 초록색으로 변하고 방망이 모양의 꽃은 위에서부터 아래로 노래지다가 서서히 검게 변해 버렸다. 그리고는 이내 고개를 숙여 까맣게 변한 꽃을 덮어 버린다. 방망이 모양의 육수꽃차례 전체가 까맣게 변하기 전에 잎이 먼저 말라 시들어 버리는 경우도 있다. 몸이든 마음이든 시드는 순서가 정해진 것은 아닐 테니 그 또

스파티필름의 꽃이 지는 모습

한 충분히 이해가 간다.

영원히 피어 있는 꽃은 없다. 삶도 그렇고. 트랜스포머마냥 자꾸만 변신하고 있는 징글징글한 코로나도 그렇다. 그것의 당당한 기세는 꺾이고 결국 고개를 푹 숙이며 떨어질 날이 올 것이다.

제까짓 것! 아무리 변해보라지.

네가 오목으로 변하면 우리는 볼록이 되어 감싸 안아 버리리라! 40대의 이 물렁뼈 같은 마음으로!

식물의 경고

'거인이'(여인초)는 크다. 전체 높이는 이미 2미터가 넘었고 바나나 잎처럼 생겨 잎 하나는 길이가 누운 아이 길이만하다. 주말에 한 번씩 물을 주는데 매번 남편과 둘이 직경이 60센티미터가 넘는 화분을 낑낑대며 화장실까지 들고 가는 수고를 좀 덜어 보고자 바퀴 달린 화분대를 하나 장만했다. 그러다 오늘 아침, 그렇게 옮기는 것도 귀찮아서 바닥에 김장 매트를 깔고 그 위로 슬쩍 밀어 올렸다. 그리고 그 위에서 물을 잔뜩 쏟아 부었다. "이것 좀 봐! 화분 아래로 물이 다 빠지고 나면 김장매트만 만두 주둥이 접듯 쏙 집어서 화장실에다 물만 갖다 버리면 될 것 같아. 진짜 편하고 좋은 방법이지?" 어깨도 한번 들썩거렸다. 그런데 맙소사! 갑자기 거실 바닥이 한강이다. 매트에 커다란 구멍이 나 있었다!

몸집이 워낙 크니 물도 많이 먹는다. 흙을 충분히 적시고 무사히 화분 구멍으로 내려온 누런 물은 딱 그만큼의 양이다. 마른 걸레로 닦아 화장실에서 짜기를 몇 번을 했는지 허리가 할미꽃 마냥 접혀졌다. 아마 그때부터였을지도 모른다. 내 마음도 할미꽃처럼 구부러져 버린 것이. 아니 어쩌면 그것은 수를 쓴 나에게 거인이가 보내는 일종의 경고 같은 것이었을지도 모르겠다. 그날 오후, 장을 보고 오는 길에 결국 남편과 한바탕 크게 싸웠다.

싸움이란 늘 지나고 보면 별일이 아닌데 왜 막상 그 순간엔 도저히 참을 수가 없어서 벌어지는지… 나는 그의 퉁명스러운 말투에 신경이 거슬렸고 그는 나의 화남을 이해하지 못해 짜증을 냈다. 한참 서로를 찔러대는 뾰족한 말로 실랑이를 하고 막판 스매싱으로 너덜너덜해진 마음을 '나만의 대피소' 주방에서 삭히고 있는데 벌써 밖이 어둑어둑해졌다. 이 상황에 나는 왜! 또! 방금 장 봐 온 커다란 닭을 씻고, 말끔해진 닭 배 속에 마늘과 황기를 꾹꾹 채우고 있는 건지 모르겠다. 압력 밥솥에서 닭이 끓기를 기다리며 다시 작은 의자에 걸터앉는다.

내 안의 분노가 저 압력 밥솥 안에 꽉 눌린 그것과 다를 게 하나도 없다. 온 집안은 구수한 백숙 냄새로 가득 채워져 가는

데 내 마음의 압력을 빼 줄 사람은 그 어디에도 없구나. 갑자기, 엄마가 보고 싶다. 너무너무. 결혼한 부부 모두가 그러겠지만 특히 해외에 살면, 부부싸움에 엄청난 감정이 소비된다. 먼 타국에서 의지할 사람이라곤 "남의 편" 그 놈 하나뿐인데 싸우기까지 하면 앞이 보이지 않는 지하 계단을 한없이 내려가는 기분이다.

게다가 '이 죽을 놈의' 코로나 때문에 혼자 훌쩍 나가 버리는 일도 불가능해졌으니 이 기분을 대체 어디서 어떻게 푼단 말인가! 웬만하면 다투고 나서 화해하기까지 하루를 넘기지 않으려고 노력하는데 이번 다툼은 쉽게 화가 가라앉지 않을 것 같다. 오랫동안 집 안에서 묵언 수행을 해야겠다고 마음을 굳게 먹어본다.

아이가 백숙 냄새를 맡고 쪼로록 달려와 배고프다고 노래를 부른다. 주방 창으로 보이는 노을 진 하늘은 참 예쁘고, 저기 거실 넘어 보이는 오늘 물 흠뻑 마신 거인이 마저 몇 배의 푸르름을 뽐내고 있다.

마침 압력 밥솥의 추는 모두 내려갔다.
뚜껑을 열어 잘 익은 백숙을 보니 속도 없이 군침이 돈다.

그러고 보니 내 안의 뜨거운 증기도 백숙과 함께 어느새 치익- 다 빠져 있다.

뜨거운 백숙 훌훌 불어먹으며 내일은 꼭 식물의 경고에 귀 기울여, 다가오는 불운을 막아보리라 마음 먹는다.

경험값은
식물로 드립니다

나는 당연히 꽃도 좋아한다. 속이 꽉 찬 라넌큘러스도 좋고, 핑크 튤립의 사랑스러움에도 자주 넋을 잃어버리는 편이다. 10월의 어느 멋진 날, 수수한 소국 한 다발 사서 퇴근하는 '소소하지만 확실한 행복'의 기분도 잘 알고 있다. 그런데, 아이를 낳고나서 땅에 발을 딛고 뿌리 내리며 사는 식물들에 더 마음을 빼앗긴다. 흙속에 단단히 몸을 세워 비와 바람을 맞고도 피어나는 작은 들꽃에 시선이 머물고, 어린 이파리 돋으며 한 계절, 그 잎사귀 무성하게 또 한 계절, 나이든 잎 툭! 떨구며 또 그렇게 서너 계절을 반복하다 굵어지는 목대를 보는 것도 좋다. 작은 묘목이 조금씩 커가는 모습에서 내 아이가 자라는 순간을 본다. 그리고 부서진 가지와 떨어지는 이파리를 보며 지금까지 쉬지 않고 살아 오셨을 내 부모의 순간도 본다.

그래서일까? 지금 내 아이의 시간을 먼저 다녀간 선배 엄마들과 이야기를 나누는 일은 좋아하는 가수의 새 앨범을 처음 듣는 것처럼 설레고 즐거운 일이다. 그땐 다 그렇다고, 지나면 별 일 아니라고 그들이 흘려 내뱉은 말에 숨어있는 "지금도 충분해요. 그러니 괜찮아요"라는 의미를 줍고 또 줍는다. 그 경험의 말들은 한없이 지쳐 있던 내 어깨를 일으켜 세운다. 게다가 운이 좋으면 다가오지 않은 다음 단계 육아까지 미리 엿볼 수 있으니 그들과의 수다는 중독 그 이상이다. 경험이란 두려움을 밀어내고 그 자리에 여유를 앉혀 놓는다. 그래서 앞서 걷는 사람은 뒤따라 오는 사람에게 친절하다. 물리적, 심리적으로 뒤쳐진 사람들에게 기꺼이 다정한 손을 내밀 줄 안다. 이것이 '엄마'가 되고 만난 '엄마'들의 경험 품앗이다.

대도시 자카르타로 이사 와 아파트의 몇몇 분들과 인사를 하고 음식을 나누어 먹었다. 그리고 오늘 드디어 앞집의 초대를 받았다. 이사 온 지 거의 두 달 만에 나누는 어른과의 대화다! 드릴 것이 없어 어지간하면 '절대 죽지 않을 작은 화분'을 골라 동그란 포트에 옮겨 심었다. 물을 흠뻑 주고 물 빠짐을 기다리며 생각한다. 식물을 좋아한다는 내 말에 그녀는 "저는 이상하게 식물만 키우면 자꾸 죽이게 되더라고요"라고 말한 적이 있다. 보통 그렇게 말하는 사람치고 식물 싫어하는 사람은 없다.

식물을 고르기 위해 일부러 시간을 내고, 집으로 가져오는 수고를 거쳐, 물을 주며 몇 번이나 "잘 자라렴" 속으로든 입으로 되뇌었을 거란 걸 알기 때문이다. 정말 식물에 관심 없는 사람은 식물을 죽여본 경험도 없다. 덩치 큰 식물을 드리면 부담스러울 것 같아 키우는 재미를 느껴 보시라고 새순이 퐁퐁 올라온 꼬마 페페로미아(청페페)를 두 손에 쥐어 드렸다.

그나저나 오늘 들었던 '경험 값' 치곤 너무 소박한 선물이 아니었나 싶다.

어지간해서 절대 죽지 않을 식물,
페페로미아 peperomia

인도와 브라질, 페루가 고향인 두툼한 잎을 가진 식물입니다. 페페로미아는 그리스 어로 "후추를 닮았다"라는 뜻인데요, 실제로 후추의 잎과 매우 흡사합니다. 뾰족하거나 둥근 잎을 가진 다양한 페페가 있으나 보통은 두껍고 광택이 있는 둥근 입을 가진 모양이 많습니다. 실내에서 키우는 페페는 자라는 속도가 느려 테라리움에 자주 이용되고 해가 잘 드는 곳에서는 성장 속도가 빨라져 큰 화분을 만들 수도 있는 식물입니다. 다육이들처럼 잎이 두꺼워 오랫동안 집을 비울 일이 있어도 건조될 걱정이 없고 목이 마르면 잎이 처지는데 그 간격만 잘 기억해 두었다가 물만 잘 챙겨 준다면 무난하게 (죽이지 않고) 키울 수 있는 입문자용 식물이지요. 홍페페, 청페페, 수박페페 등 종류가 다양하고 독성이 없어 반려동물과 아이가 있는 집에서 키우기도 좋은 착하고 귀여운 식물입니다.

말의 지우개

우리 부부는 불교 신자다. 나는 청정화라는 법명(불교식 이름)도 가지고 있다. 이곳에서 기독교 유치원을 다니는 아이는 매일 아침 수업 시작과 함께 하나님에게 감사 기도를 한다. 가끔 나보다 신에 대해 더 많은 것을 알고 있는 것 같다. 각자의 종교를 가진 우리 가족은 매일 온몸을 낮추어 네 번의 기도를 하는 이슬람 국가에 살고 있다. 만약 우리의 물음에 말없이 편안함으로 답을 주는 존재가 있고 그를 신이라 칭한다면 요즘 나의 종교는 "나무(식물)"쯤 될까?

몇 주 전 어렵게 인도 보리수 나무를 구해 키우고 있다. 기원전 6세기, 석가모니가 이 나무 아래에서 묵상을 하다 도를 깨우쳤다고 알려져 있다. 지금도 인도, 파키스탄, 미얀마 여러 지

역에서 삶의 영을 깨우는 존재로 남아 있고 여전히 불자들은 이 나무 아래에서 기도를 드리기 위해 전 세계에서 모여 든다. 인도 보리수 나무의 씨앗은 깨알보다도 작다. 불교에서는 그 작은 씨가 거대한 나무로 자라는 것을 두고 석가모니의 작은 나눔이 큰 덕으로 돌아온다는 의미로 자주 인용되기도 한다.

어떤 나무는 정말 신비한 영혼이 깃들여 있는 것 같다. 오랜 세월 죽지 않고 삶을 반복하며 지혜를 쌓고, 묵묵히 무언가를 끊임없이 베풀면서도 그 행함은 드러내 자랑하지 않는다. 최소 천 년에서 최대 삼천 년을 건강하게 산다는 나무, 우리 집에 온 보리수는 지금까지 몇 살을 살았을까? 이런저런 생각들을 하며 어떤 나무보다 더 정성을 다해 한 장 한 장 잎을 닦았다. 이 어려운 시기가 어서 흘러가기를 간절히 기도하며.

당장 바꿀 수 없는 이 상황을 걱정과 한숨으로만 보낼 순 없다. 모든 순간을 묵묵하게 제 몸 자라는 데만 집중하는 나무들처럼 숨쉬고, 먹고, 자고, 말하며 내가 할 수 있는 일들을 해야겠다고 다짐한다. 나무 아래에 있었더니 깨달음을 얻었다.

삼천 년까지 사는 깨달음의 나무,

인도 보리수 나무

우리나라 사찰 주변에서 볼 수 있는 딱딱한 열매(이것으로 염주를 만든다)가 열리는 보리수 나무와 다른 나무 입니다. 그래서 앞에 인도를 붙여 인도 보리수 나무라고 구별해서 칭하지요. 이름은 산스크리트어로 '보디 브리쿠사 Bodhi viksa, 깨달음의 나무'란 뜻에서 유래되었습니다.

인도에선 약재로도 사용하고 중세 시대엔 이 나무 아래서 재판을 하거나 결혼식을 하기도 했다네요. 무화과 속에 속하는 나무라 정말 무화과처럼 꽃이 열매 안에 핍니다. 열매 안에 꽃이 피다니! 내면이 아름답다는 말은 이 모습을 두고 하는 말이 아닌가 싶습니다.

잎은 긴 꼬리가 달린 심장 모양을 하고 있어요. 잎사귀가 어찌나 싱그러운지 보고 있으면 저절로 미소가 번집니다. 바람에 잎과 잎이 부딪히는 그 바스락 소리가 일품입니다! 새잎도 잘 나고 한 가지에 잎이 종종 많이 달려서 가지하나하나가 숲을 이루는 느낌이 듭니다. 기후가 맞지 않아 한국에서는 키우기 어려워 씨앗만 유통 되는 걸로 알고 있어요. 혹시 식물원에서 이 나무를 만나게 된다면 잠시 눈을 감고 나무 곁에서 나지막이 명상에 빠져 보는 것도 좋을 것 같습니다. 혹시 아나요? 어떤 깨달음 하나를 얻게 될지요!

오! 역시 귀하고 영적인 나무로구나!

다섯 살의 아이는 질문이 많다. 그리고 그건 전과 사뭇 다르다. 뭔가 철학적이랄까? 아이는 내가 말하는 모든 것들을 기억한다. 내 생각이 아이의 생각으로 굳어 버릴 것 같아 요즘엔 무언가 알려 주는 일에 좀 더 신중하다. 아이에게 세상의 이치를 알려 주는 일이 어째 점점 더 어려워진다.

아이가 오늘 아침 물었다.

"엄마! 말의 지우개는 '아니야'일까?"

잠시 아이의 질문이 무슨 소린지 곱씹는다.

그러고 보니 정말 맞다. 말을 지우고 싶을 땐 우리 모두 '아니야'라고 말한다. 아이들은 모두 시인이라더니 앞으로 얼마나 더 많은 언어들로 내 심장을 두근거리게 하려나. 아무튼, 그 질문에도 답을 해 줘야 하는데 잠시 시간을 둔다.

"응 맞네, 말의 지우개는 정말 '아니야'네. 그렇지만 지워지지 않을 때도 있어, 누군가 마음에 상처를 주는 말을 했는데 바로 '아니야'라고 했다고 이미 다친 마음이 괜찮을까? '엄마는 솔리 너무 미워!'라고 했다가 '아니야'라고 하면 바로 기분이 좋아져? 아니지? 다른 사람 기분을 상하게 하는 말은 뱉고 나서 '아니야'라고 해도 지울 수가 없어. 물 쏟았을 때랑 비슷해. 쏟은 물을 쓸어 담을 수가 없잖아. 그러니까 항상 그런 말은 하기 전에 백 번 넘게 생각해야 해 알았지?"

오후 내내 '말의 지우개'에 대해 생각했다. 살면서 뱉은 말을 주워 담지 못했던 순간들이 얼마나 많았던가. 내가 했던 대수롭지 않은 말들이 누군가에겐 심장에 칼이 되어 피를 내었을 수도 있었을 텐데, 그때 나는 또 얼마나 많은 '아니야' 지우개를 사용하며 그 순간들을 넘겨 버렸을까?

인도보리수 나무가 우리 집에 온 날 화분은 뿌리에 비해 꽤 작고 오래되어 보였다. 지저분했던 흙도 다 털어내 새 흙을 채우고 뿌리가 숨쉴 수 있게 넉넉한 화분으로 옮겨 주었다(실내에서 식물을 들일 땐 항상 흙의 상태를 잘 살펴야 한다). 아무래도 분갈이를 하며 뿌리가 스트레스를 받는지 몇 일 지나고부터 잎들에 노란 반점들이 생겼다. 옆으로 계속 옮겨 가는 게 안되겠다 싶어 열 장도 넘는 병든 잎들을 모두 잘라냈다. 몇 장은 아이와 접시를 만들었고 나머지는 물에 담궈 두었다가 잎 망 leaf skele-ton(우리말로 따로 부르는 명칭이 없는 것 같다)을 만들었다. 그리고 놀랍게도 노란 반점의 상처 부분은 다 벗겨져 나간 잎맥 사이사이 그대로 남아 있었다.

상처란 바로 그런 것! 아주 작은 점 하나에도 서서히 전체가 병들어 가는 것, 그리고 뼈 속 깊이 남는 것, 지우려고 애써봐야 더 찢어져 버리는 것. 식물 하나도 이런데 사람 마음은 오죽할까? 작은 상처 하나가 온 몸을 죽이고, 죽어서도 뼈에 흉터를 남긴다. 사방으로 수없이 뻗어 나간 잎맥들을 보며 너도 참 부단히 애썼겠구나, 더 푸르지 못해 아팠겠구나 싶어 한참을 만져보았다. 다시 초록 잎이 되지 못할 걸 알면서 말이다.

그나저나 자꾸 이것저것 뭔가를 생각하게 되는걸 보니 이 나무, 영적인 나무가 확실한 것 같다.

말의 기운

'말은 곧 물질이 된다'라는 말을 믿는 편이다. '말이 씨가 된다'거나 '말이 곧 행동이 된다'라는 말과도 일맥상통하는 말인데 사람의 말에는 기운이란 것이 있고 그 기운은 반드시 어떤 물질이나 형상을 만들어 사람을 해하기도 하고 이롭게 하기도 한다고 믿는다.

　　오전 내내 누군가의 이야기를 했다고 치자, 그럼 오후에 반드시 그 사람으로부터 연락이 오거나 길에서 마주치게 되는 경험 한 번쯤은 있을 것이다. 우리에게 신비한 능력이 있어서라기보다 우리가 하는 말에 그만큼 힘과 기운이 담겨있다는 뜻 같다.

아이와 재미있는 실험을 해 본 적이 있다. 양파 두 개를 각각 물이 든 다른 컵에 담아 두고 하나는 웃는 표정을 그리고, 다른 하나는 우는 표정을 그려놓았다. 그리고 매일 아침 웃는 양파에겐 "사랑해", "고마워", "오늘도 잘 자라렴" 같은 고운 말을, 우는 양파에겐 "미워!", "왜 이렇게 느리게 자라니!", "짜증나" 같은 심술궂은 말을 해 보았다.

그렇게 2주가 지나고 역시나! 예상대로 웃는 표정의 양파가 우는 표정의 양파보다 일주일 먼저 뿌리를 내렸다. 우는 양파가 상대적으로 늦게 내리긴 했지만 나중엔 비슷하게 뿌리를 내렸다. 관찰의 정확도를 높이고 싶어서 한 마디 말도 건네지 않은 양파를 같이 관찰했는데 놀랍게도 보름 만에 뿌리는커녕 고약한 냄새를 풍기며 속까지 썩어 버렸다!

못된 말이라도 무관심보다는 나은 걸까 싶은 생각이 들었다. 주방의 청결을 위해 물러버린 '무관심 양파'를 버리고 남아 있는 양파를 가지고 또 다른 관찰을 해보기로 했다. 이번엔 두 양파 모두에게 일절 아무 말도 하지 않고 웃는 양파만 가끔 생각날 때 쓰다듬어 주었다. 그리고 다시 한 달 뒤, 놀라운 결과를 보았다. 웃는 양파는 머리 위로 싹이 났는데 우는 양파는 아무 변화가 없었다는 것이다.

양파는 제 몸에 그려진 웃는 얼굴 때문에 더 자랐는지 모른다. 혹은, 가끔 보내는 손길로도 관심을 받고 있다는 느낌을 받았을 수도 있다. 그도 아니라면 과거에 들었던 고운 말들의 기억으로 남은 삶을 성장시켜 나가는 것일 지도 모를 일이다. 무엇 때문인지는 정확히 모르겠지만 좋은 말의 힘이 그들의 성장에 얼마나 큰 역할을 하는지는 알 수 있었다.

이론적으로 알고는 있지만 이렇게 보이지 않는 말이 실제 물질이 되어 발현되는 것을 눈으로 직접 보고 나면 아이들의 마음가짐은 확실히 달라진다. 식물을 대하는 마음을 넘어, 인간과 삶을 대하는 데 있어 말의 기운이 얼마나 중요한지 저 웃고 있는 양파가 정확하게 말해 주고 있다.

어제는 우연히 남의 집 몬스테라 이야기를 여기저기서 들었다. 한 동생은 자기 집 몬스테라가 새 잎을 냈는데 구멍이 안 뚫려 있다면서 돌연변이가 아니냐고 물었고, 잠시 집에 들렀던 이웃분은 자신이 식물 키우기엔 영 소질이 없는데 분양받은 첫 몬스테라를 물에 넣어 두었다가 새 잎이 나길래 바로 흙으로 옮겨심었는데 죽었다는 슬픈 사연도 들려주고 가셨다.

하루 종일 몬스테라 이야기를 듣다 보니 우리 집 몬스테라

는 어떤가 궁금해졌다.

그런데 이게 무슨 일인가!

오늘 아침 우리 집 몬스테라에 새 잎이 쑥 자라나 있는 게 아닌가! 지난주 일요일 오랜만에 베란다에 내어놓고 아침부터 늦은 오후까지 햇살 마사지를 시켜주었던 것이 자극이 되었던 모양이다. 몇 달간 새 잎 소식 한번 없던 우리 집 몬스테라에게 이리 기쁜 일이 생기려고 어제 그렇게 내 귀에 몬스테라가 여기저기서 신호를 보냈나 보다.

새순을 보는 일은 언제나 즐거운 일이다. 이번 잎은 몇 개

어린 몬스테라 잎은
구멍이 없을 수도 있어요

흔히 우리가 알고 있는 몬스테라는 몬스테라 델리시오사 monstera deliciosa라는 종일 경우가 많습니다. 국내에서 가장 쉽게 구할 수 있는 품종이죠. 몬스테라의 매력은 커다랗고 짙은 초록 잎에 구멍이 뚫려있고 잎이 갈라진 모양이라 할 수 있습니다. 그런데 새로 난 이파리가 구멍 하나 없이 매끈하게 나오기도 해요.

1미터가 안된 아직 어린 몬스테라일 경우 특히 더 그렇죠. 자라면서 잎이 갈라지기도 하지만 거의 그렇게 매끈한 잎으로 쭉 성장하는 경우도 많습니다. 갈라진 잎이 안 나온다고 걱정하지 마세요. 어른 나무가 되면 그때부턴 갈라진 잎이 자연스럽게 나오니까요. 혹시 1미터보다 더 자랐는데도 갈라진 잎이 나오지 않는다면 빛이 부족해서 그럴 가능성이 큽니다.

그럴 때 해도 자주 보여주고 바람도 일정하게 쐬어 주면서 다음 잎을 기다려 봅시다. 몬스테라는 환경만 잘 맞는다면 새 잎을 자주 보여주는 식물들이라 다음 잎은 어떤 모양일까 궁금해 하며 키울 수 있습니다. 그리고 갈라진 잎이 아니면 또 어때요. 그건 그것 나름대로 또 반들반들 예쁘답니다.

의 구멍이 뚫려 있을지. 크기는 얼마 만할지 벌써부터 궁금하다. 우리 코끼리발(아이가 지어준 이름)의 순산을 위하여 오늘밤내 기꺼이 가습기 투혼을 발휘해 주리라!

　화분을 오랫동안 키운 사람들에게서 "식물은 우리를 다 보고 듣고 있어요" 라는 이야기를 자주 듣는다. 물론 나도 그렇게 믿고 있다. 식물은 살아 있고 그래서 항상 사랑과 관심을 바라고 원한다. 부드럽고 상냥한 말과 아름다운 음악에 반응한다. 식물들이 진짜 감정을 가지고 있는지 없는지 정확히 밝혀진 것은 없지만 좋은 말에는 좋은 파장이 나오고 악한 말에는 악한

◀ 어린 몬스테라 델리시오사
▶ 몬스테라 델리시오사 (몬스테라도 돌돌 말려 있다 잎을 펼치는 식물입니다)

꽃은 지지만 다시 필 것이다

파장이 나오는 것만은 확실하다. 그러니 좋은 진동을 느끼며 자라는 식물이 잘 자라는 건 어쩌면 당연한 이치다.

식물이 그저 말없는 단순한 생명이라 여길 수 없는 이유가 여기에 있다. 보는 눈, 말하는 입, 듣는 귀도 없는 식물도 그러한데 우리 아이들은 어떻겠는가! 부모가 아이에게 하는 말이 곧 아이의 내면을 쌓는 건축 재료가 되는 것이라면 그들 내면의 방을 좀 더 탄탄하게 지을 수 있도록 부정적인 말보다 사랑과 긍정, 공감이 가득한 말의 재료를 주위에 잔뜩 쌓아둬야겠다고, 주방 창가에서 웃고 있는 양파를 보며 다짐해 본다.

"넌 너무 느려!"는 "넌 여유가 넘치는 아이구나!" 로
"넌 너무 예민해!"는 "넌 감수성이 풍부하고 섬세해!" 로
"넌 너무 산만해!"는 "너는 에너지가 넘치는 아이야!" 로
"넌 어쩜 눈치가 백단이구나!"는 "너는 주변 사람들의 감정을 잘 읽을 줄 알아!" 로 말이다.

저녁에 구웠던 고등어 냄새가 빠지질 않아서 향 하나를 피운다. 은은하게 집안을 채우는 탄내가 싫지 않다. 이것은 아이가 잠든 밤, 드디어 나만의 시간이 돌아왔음을 알리는 고요한 의식이기도 하다. 향 하나가 다 태워지는 데 걸리는 시간은 십오분 남짓. 그동안 가만히 앉아 빨래를 개거나 주방을 정리한다. 굳이 눈을 감고 가부좌를 틀지 않아도 이 행위 자체가 마음을 비워주는 참선이고 명상이다.

얇은 나뭇가지에 향 가루가 칠해진 인센스 스틱을 주로 사용하는데 최근 '팔로산토'라는 우드스틱을 접하게 되어 아주 흠뻑 빠져 있다. 손가락 하나 길이의 나무조각 끝에 불을 붙이고 5~6초간 태운 뒤 꺼질 듯한 상태에서 입김을 후- 하고 불면 아주 작은 불씨만 남는다. 그러면 조금씩 타 들어가면서 연기가 피어 오른다. 향도 향이지만 이 피어 오르는 연기의 움직임을 바라보는 데 매력이 있다. 마치 춤을 추는 것 같기도 하고 공기에 선을 긋고 그림이 그리는 것 같기도 하다. (주의사항: 실내에서 향을 피우실 땐 꼭 환기가 잘 될 수 있도록 창문을 열어 주세요! 안 그럼 기관지에 문제가 생기거나 화재의 위험이 있습니다)

식물은 고유한 향기를 갖는다. 꽃, 열매, 잎, 줄기, 뿌리 심지어 나무 기둥이나 껍질조차 자신만의 향이 있다. 어릴 적 할머니 집 아궁이에서 타닥타닥 소리를 내며 타던 나무 향에 낯선 시골집에서도 편안하게 잠이 들었던 것처럼 우리는 가끔 식물의 향으로 마음에 안정을 찾기도 하고 상처를 치료하거나 공기를 정화시키기도 한다.

식물을 불로 태워 연기를 내는 것은 오래된 천연 향이다. 실제로 나무나 말린 허브 잎을 태워 향을 내는 스머징smudging(스머지 스틱은 로즈마리, 타임, 세이지, 라벤더 등 다양한 허브를 똘똘 묶어 건조해서 만든다)은 과거 아프리카 원주민들의 공기 정화와 영혼의 정화를 위한 의식에서 출발했다. 그야말로 첨가물 없는 자연의 산물로 만들어진 향 더미라 할 수 있다.

남아메리카 해안에서 자라는
'성스러운 나무' 팔로산토 palo santo

팔로산토는 스페인어로 '성스러운 나무'라는 뜻입니다. 남아메리카 중부 그란차코 gran chaco (아르헨티나·볼리비아·파라과이 3국에 걸친 아열대 대평원, Chaco라고도 함)열대 초원 지역에서 자라는 나무죠. 감귤류에 속하는 나무로 물에 가라앉을 만큼 무거운 나무라고 알려져 있습니다. 고대인들이 이 나무를 태웠더니 소나무, 민트, 레몬 같은 여러 향이 나는 걸 발견했고 그 뒤로 이 나무를 신성시하며 좋지 않은 기운을 없애거나 부정적인 존재를 수방하는 목적으로 사용하기 시작했습니다. 실제 이 향을 맡은 사람들에게 쾌감을 주는 도파민, 편안함을 주는 세로토닌 같은 신경전달 물질이 분비되었다고 합니다. 동시에 행복한 기분을 느끼게 하는 엔도르핀 분비도 촉진된다고 하니 정말 신비로운 나무죠. 수액을 체취해 오일을 만들거나 나무 자체를 조각내어 태울 수 있게 만들기도 합니다. 명상이나 요가 할 때, 집안의 잡내를 없앨 때 등 일상생활에서 다양하고 쉽게 사용되고 있습니다.

저는 생선 굽고 난 다음 이 나무의 덕을 톡톡히 보고 있답니다.

꽃은 지지만 다시 필 것이다

고대 사회부터 향을 피우는 것은 연기가 하늘로 올라가 신과 만나는 의식이기도 했고, 인간의 내면과 공간을 정화하여 나쁜 기운을 긍정의 에너지로 바꾸기 위한 행위이기도 했다. 고대 이집트 시대에는 오한을 치료하기 위해 캐모마일을 태양신에게 바쳤고 캐모마일 꽃을 끓인 물의 증기를 흡입해 감기를 치료하기도 했다. 또한 중세 시대에 페스트가 유행했을 땐 로즈마리를 태워 주변을 정화하고 소독했다. 효과의 유무와 상관없이 이유는 분명했다. 식물을 태울 때 나는 향이 죽어가는 사람들의 시체 썩는 냄새를 확실히 잠재워 주었기 때문이다. (실제로 향균, 살균, 방부 효과가 있다)

본래 식물들의 이파리가 향기를 내뿜는 것은 적의 공격 받았을 때 그들을 쫓아버리기 위한 방어적 반응이다. 식물들은 그들의 방어 기질로 온 힘을 다해 독을 내뿜는데 이것이 인간에겐 약이 되기도 하고 먹거리가 되기도 한다는 사실이 재미있다. 이 얼마나 오목조목 조화롭게 잘 들어맞는 세상인가!

인간도 어쩌면 개별로 존재하는 하나의 고유한 '향'이 아닐까? 누군가는 곁에 머물러 있는 것만으로 큰 위로와 위안이 되기도 하지 않던가! 단 한 사람이어도 좋으니 그에게 '향' 같은 사람이 되고 싶다. 이왕이면 제대로 된 효능도 있었으면 좋겠고.

불교신자였던 부모님의 영향으로 어릴 때부터 향을 접할
기회가 많았다. 대학생 때는 향수를 종류별로 모으기도 하고
홍대 뒷골목에서 파는 인도산 인센스를 수집해 보기도 했는데
본격적으로 관심을 갖게 된 건 5~6년 전 참선과 명상을 하면서
부터였다.

딸 아이가 태어나기 전 두 번의 유산을 겪었다. 물론 누구
의 잘못도 아니라는 것을 잘 알고 있지만 지난 모든 순간순간
을 곱씹으며 자책했다. 우울하고 어두운 기분이 쉽게 나아지지
않아 시작했던 참선(명상)은 지금까지 타지에 살며 힘들 때마
다 마음을 챙기는 귀한 습관이 되었다. 게다가 그때부터 친해
진 향으로 일상의 작은 즐거움까지 얻었으니 삶에서 일어나는
모든 일엔 다 이유가 있구나 싶은 생각이 든다. 늘 어려운 일들
을 겪고 난 다음엔 내면이 조금 단단해져 있다.

요가와 명상이 보편화되면서 향을 사용하는 일이 자연스
러운 일이 되었지만 예전엔 "향 태우는 걸 좋아해요"라고 하면
좀 괴짜로 보기도 했다. 주술사 보듯 "그럼 제 미래도 볼 줄 알
겠네요?"라고 묻는 사람도 더러 있었다. 향수가 남을 위해 뿌리

는 향이었다면 피우는 향, 에센셜 오일은 철저히 나를 위한 향이다. 연기와 향이 내 안으로 향한다. 오늘 하루도 고생 많았다고 스스로를 위로하고 싶을 때 '향멍' 10분이면 충분하다. 다른 사람의 미래는 못 봐도 지금, 여기, 내 마음은 볼 수 있다.

조금 떨어져 보면 자연은 늘 아름답다. 푸른 산, 멋진 풍경, 상쾌한 공기 어느 하나 아름답지 않은 구석이 없다. 그런데 막상 울창한 그속으로 완벽히 들어가 보면 의외로 무섭다. 본 적도, 들어 본 적도 없는 온갖 벌레들이 무섭고 바람에 나뭇잎이 부딪히는 소리, 물 흐르는 소리에도 깜짝깜짝 놀란다. 해가 지면 그 두려움은 몇 배로 커진다. 그런데 이 두려움을 경험해 보지 못한 사람들은 겉으로 보이는 자연의 아름다움만 알려고 한다. 그리고 그들 마음대로 생각한다.

"숲속에 집 짓고 살면 딱 좋겠네."

나는 되도록이면 두 달에 한 번 정도는 자연으로 들어가 보려고 노력하고 있다. 우리가 자연에서 경험하는 긍정적인 효과는 최대 두 달간 지속된다는 연구 결과를 본 적이 있다. 그런 이유도 있지만 사실 가장 큰 이유는 '불편함'을 느끼기 위해서다.

첨단 시대를 살아가는 요즘 아이들은 정말이지 불편함이란 것을 모르고 산다.(물론 아닌 아이들도 많다) 전기도, 물도, 때론 두려움도 모른다. 특히 자연에 대한 두려움은 알 도리가 없다. 우리는 아이들에게 자연이 얼마나 거대하고 미지의 존재인지 알려주어야 한다.

너무 편해서, 너무 당연해서, 그들의 진짜 무서움을 모르고 살고 있지만 자연은 절대로 호락호락한 상대가 아니며 인간은 그 앞에서 언제나 작고 힘없는 존재일 뿐이다. 개미 하나 작은 벌레 하나에도 소리를 꽥! 지르게 되는 것이 인간 아니던가! 아이가 자연을 그저 예쁜 쉼터, 사진 속 배경 정도로 생각하는 사람으로 자라게 하고 싶지 않다. 그래서 열 가지 불편함을 알고도 자연으로 들어가 '사서 고생'을 한다. 때로는 불편하고 안전하지 않은 곳으로 내몰리는 경험도 해 봐야 한다.

사회적 거리두기가 일상이 되고 집에만 있는 시간들이 길어지다 보니 이렇게만 살 수 없다는 생각이 들었다. 조금씩 일상을 찾기 위해 철저한 개인 방역에 신경을 쓰며 여행을 다니는 사람들도 늘고 있고 우리 가족도 오랜만에 용기를 내보았다. 거의 1년만에 떠나는 여행이다.

그동안 인도네시아 자바 섬 농장은 어떤 모습일까 궁금했는데 비교적 집과 가까운 곳에 팜스테이Farm Stay를 하는 곳이 있어 방문해 보기로 했다. 숲속에 지어진 오두막 집을 보자마자 아이는 빨강머리 앤 마냥 깡총깡총 뛰었다. "나는 다락방에서 꼭 자보고 싶었어요!" 하면서 한껏 흥이 올랐다. 그러나 그것도 잠시, 어둠이 찾아온 다락방에 누워 천장에 붙은 나방과 정체모를 새까만 벌레를 보더니 연신 눈동자를 굴리며 겁먹은 표정을 짓다가 결국 소리를 지르고 만다.

"나는 다락방에서 자는 거 정말 싫어요!"

드디어 때가 왔다.

"불편하고 무서울 순 있어. 우린 지금 저들이 사는 곳에 잠깐 있다 가는 거야. 그러니 싫다는 말은 하지 말자. 여기가 집인 쟤들은 그 소리에 얼마나 기분이 나쁘겠어? 쟤들을 위해 우리 조금만 예의를 갖추는 게 어떨까?"

이렇게 사서 고생을 하지 않았다면 꺼내지도 못했을 말이다.

나는 이 말을 할 수 있는 기회가 생겨 기뻤다.

당신은 자연에 들른 손님입니다. 예의를 갖추십시오.

YOU ARE THE GUEST OF NATURE. BEHAVE.

— Hundertwasser, 1982

농장을 다녀오고 두 달이 지난 어느 날 집에 개미들이 출
몰해 머리를 쥐어 짜며 온갖 못된 말을 퍼붓고 있는데 아이가
옆에 다가와 이렇게 말한다.

"엄마 아주 아주 오래 전엔 이 땅 밑에 원래 개미들이 살았
잖아. 사람이 그 위에 집을 지은 거 아니야? 엄마가 그러면 재
들이 얼마나 기분이 안 좋겠어! 예의를 좀 갖춰!"

아….네…. 오늘도 아이에게 한 방 먹었다.

수세미 먹어 보셨나요?

수세미를 직접 요리해서 먹어 본 적은 없습니다만, 팜스테
이에서 제공된 야채 수프에 수세미가 들어 있었어요. 구멍
이 숭숭 뚫려 그런지 삶은 수세미는 입에 넣자마자 녹아 없
어질 만큼 부드럽고 맛있었습니다.

어린 수세미 열매는 식용으로 먹지만 성숙한 열매엔 독

성이 있어요. 그래서 말렸다가 한번 삶으면 우리가 흔히 아는 스폰지 모양의 '수세미' 형태가 됩니다. 열매의 크기에 따라 가지각색인데 사용하기 좋게 잘라 쓰면 됩니다. 많은 사람들이 아크릴 실로 짠 화려하고 예쁜 수세미들이 미세플라스틱을 발생시키는 요인 중 하나란 사실을 알게 된다면, 못생겼지만 자연에서 나와 자연으로 돌아가는 천연 수세미에 관심을 좀 가져 주겠죠? 게다가 접시는 또 얼마나 잘 닦이게요?! 수세미는 엄연히 Luffa aegyptiaca Miller란 학명을 가지고 있는 식물이랍니다. 스펀지 고드spongr gourd라고도 하고 스무드 루파smooth luffa라고도 부릅니다. 여주와 호박 그 중간쯤의 얼굴을 한 길쭉한 열매가 열리지요. 인도와 동남아시아, 호주 북부 지역에 자생합니다. 우리나라에선 식용으로 잘 이용하지 않지만 동남아시아에선 자주 먹는 채소라는 걸 이번에 알았습니다.

유기농organic을 챙겨 먹기 시작한 건 7년 전이었다. 생물권보존지역Biosphere Reserve에 관한 연구차 독일의 한 마을을 방문 했을 때였다. 젊은 사람들이 다 떠나버렸던 죽어가던 한 마을이 친환경 농사를 짓기 시작하면서 다시 전성기를 누리게 된다. 건강한 먹거리에 관심을 두기 시작한 많은 사람들이 비싸

도 그만큼의 가치를 지불하고 친환경으로 재배된 채소와 과일을 소비하기 시작했고 찾는 사람이 많으니 일거리도 늘어나 노인만 있던 마을에 떠났던 젊은 사람들이 다시 돌아오기 시작한 것이다. 젊은 사람들의 번뜩이는 아이디어가 더해져 다양한 상품 캐릭터가 등장하고, 옛 시대 어른들에게 익숙하지 않은 온라인 판매도 시작하면서 도시 소비자들과 자연스럽게 소통하는, 그야말로 요즘 시대에 어울리는 농장들이 생겨나기 시작했다. 힘들고 어려운 부분이 없을 순 없겠지만 화학 비료를 쓰지 않고 '사서 고생'하며 지은 농작물이 사람을 모으고 소비를 부르고 이렇게 건강한 순환의 고리를 만들어 준다는 것은 분명 좋은 신호다.

오가닉이 비싼 건 당연하다. 농약을 사용하지 않으니 일일이 사람 손에 의해 관리가 된다. 품값이 드니 어쩔 수 없다. 이렇게 기르는 농작물은 못생겼지만 건강에 좋고 땅에도 좋다. 그리고 마을에도 좋다. 대량 생산으로 재배되는 농장은 엄청난 화학농약을 사용한다. 농약은 땅속의 미생물들을 모조리 죽이고 흙도 서서히 죽인다. 그렇게 죽은 땅을 살리려면 몇십 년 노력을 해도 회복하기가 힘들다. 죽은 토양은 버려지고 농부들은 또 다른 땅을 찾아 떠난다. 그리곤 같은 방법으로 농사를 짓고 또 다시 땅을 죽인다. 유전자가 조작된 농작물을 먹은 인간도 서서히 죽어갈지 모를 일이다. 그렇다면, 건강하게 키운 농작물을 찾는 사람들이 늘어나면 어떻게 될까? 그 가치를 인정하고 그만큼의 대가를 지불하니 농가들은 진심을 다해 작물을 키울 것이다. 그리고 땅과 사람, 마을과 도시의 건강한 관계도 오래도록 지속될 것이다.

자카르타에서 한 시간 정도 떨어진 보고르^{Bogor}엔 거대 도시 사람들의 먹거리들을 공급하기 위한 많은 농장들이 있다.

이미 여러 나라에서 팜스테이가 존재한다. 물론 우리나라도 각 지방별로 수많은 농촌체험 마을이 있다. 농장은 다양한 체험들을 제공하고 이용자는 일정금액을 농가에 지불하면서 서로에게 도움을 준다. 내가 방문했던 인도네시아의 한 유기농 농장도 비슷한 형태로 운영되고 있었다. 농장 주변에 서너 채의 집을 짓고 일정 금액을 내면 하루 숙박과 세 번의 식사, 두 번의 간식을 제공한다. 재료는 모두 농장에서 나온 것들을 사용하고 주변을 둘러 보거나 직접 야채와 과일, 찻잎을 따볼 수도 있다. 아이는 당근 밭에서 당근을 뿌리째 쑤욱 뽑아, 농장에서 키우는 토끼에게 먹이로 주었다. 원하는 사람은 농장에서 재배하는 야채들을 정기적으로 집까지 주문해서 먹을 수도 있다. 한 번의 체험으로 끝나는 것이 아니라 지속 가능한 관광의 형태로 자리를 잡고 있다.

농장을 경험하고자 마음 먹고 찾아오는 사람들은 그곳이 호텔이 아님을 알고 있다. 산꼭대기 작은 오두막 집에 사용되는 물이 산 아래로 흘러 마을과 도시로 간다는 것도 알고 있다. 그 사실을 알기에 비누는 사용하지 않고 물로만 샤워를 했다. 농장에서 재배된 건강한 야채들로 만든 음식들 덕분에 속이 편안했다. 에어컨 없이도 시원했고 벌레에 놀라고 물소리, 매미소리에 잠을 조금 설쳤지만 그 불편함으로 평소 미처 사용하지 못했던 청각, 촉각, 후각, 미각, 시각 모든 감각들을 잘 느낄 수 있었다.(내가 청각이 그렇게나 발달된 사람이었는지 미처 모르고 살았음을 깨달았다) 그리고 다시 집으로 돌아왔을 땐 폭신한 침구 속에서 누구보다 포근한 감사를 느끼게 될 것이다.

개와 고양이를 키워 보지 않은 사람들은 그들의 밥과 물을 챙기기 위해 부랴부랴 집에 돌아가는 '동물을 키우는 사람'의 단호한 마음을 알 도리가 없다. 수세미를 설거지 할 때만 사용한 사람들은 수세미가 맛있다는 사실 또한 알 도리가 없다. 경험하지 않으면 영영 모른다. 두려움을 모르는 사람이 안전한 세상을 제대로 알 리 없고, 불편함을 모르는 사람이 감사함을 진정으로 느낄 수 없다. '사서 고생.' 그것이 나와 자연, 아이와 자연을 연결시키는 방법이다.

오두막 집을 나서며 아이가 말한다.
"즐거웠어. 다들 잘 지내."
아이는 이제, 우리가 볼 수 있으면서도 볼 수 없는, 수많은 존재들이 그곳에 존재하고 있음을 알게 되었다.

다시 처음으로

바야흐로 망고의 계절이다.

365일 내내 더운 나라니 당연히 365일 내내 망고가 맛있다고 생각하기 쉽지만 그렇지 않다. 이곳에서도 각각의 과일이 특히 맛있는 시기가 있고 망고는 특히 7~8월이 싸고 가장 맛있다. 이때는 마트에서 파는 그 어떤 망고를 집어와도 모두 성공이다. (*동남아 여행시 실패없는 망고를 맛보고 싶다면 망가 하룸 마니스Manga Hrummanis, 망가 그둥 긴쭈Manga Gedong Gincu, 망가 알푸깟 Manga Alpukat 라고 써 있는 품종을 고르면 된다. -인도네시아어로 망고는 '망가'라고 부른다.)

지금으로부터 정확히 1년 전 2020년 여름, 첫 락다운이 선언된 날에도 나는 망고를 먹었다. 달콤한 망고를 크게 한입 베어물며 내년 여름엔 분명 다시 일상으로 돌아갈 수 있을 거라고 확신했다. 끝이 거의 다가왔다는 생각으로 모두가 달려 왔는데 어쩜! 이게 무슨 일인지… 다시 처음이다. 알아서 두렵고 알아서 두렵지 않은 양가적 기분에 휩싸인다.

노랗게 잘 익은 망고를 정사각형 모양으로 조각내어 아이 입속에 넣어주며 작년에 했던 말을 똑같이 중얼거렸다. 내년 망고철엔 분명 달라져 있을 거라고. 그리고 다 먹고 남은 망고 씨앗을 버리지 않았다.

씻어서 며칠 잘 말린 망고 씨앗 끝을 가위로 자른다. 딱딱한 망고 씨앗 껍질 안에 진짜 씨앗이 들어 있다. 키친타월에 잘 쌓아 물을 흠뻑 준 뒤 어두운 캔속에 넣어 둔다. 그럼 일주일이 뒤 슈퍼대왕 완두콩처럼 생긴 망고 씨앗에 뿌리가 생긴다.

오늘 그 씨앗을 아이와 함께 작은 화분으로 옮겨 심어 주었다. 내일 지구 종말이 온다 해도 한 그루의 사과 나무를 심는다는 그 마음으로! 1년 뒤 망고나무의 모습을 한껏 상상했다. 내일 당장의 안위를 확신할 수 없는 것이 인생인데 무려 1년 뒤 '당연히 존재할' 것들에 대한 생각이라니. 하지만 그 생각만으로 희망이 보이고 버틸 힘이 난다. "정원 끝엔 채소와 과일을 꼭 심어라"라고 했던 정원가들의 말도 이제서야 알 것 같다. 긴 기다림 끝엔 열매가 있고 그때 이 모든 걸 견뎌낸 사람들과 함께 그 열매를 나누어 먹으면 된다.

힘차게 자라나는 것들을 보며 힘을 얻는다. 입가를 노랗게 물들이며 달콤한 망고를 맛있게 먹고 있는 이 아이가 나를 살게 하고 온갖 시름이 사라질 만큼 향기롭고 달콤한 망고 한 알이 다시 땅으로 돌아가 언젠가 망고로 만나게 될 이 무모한 기다림의 시간이 나를 또다시 살게 할 것이다. 지난 일 년이 그러했던 것처럼.

싹은 나도 그만, 안나도 그만이다.

그저 우리에게 지금 당장 필요한 건 내일을 향한 기다림. 그것뿐이다.

Chapter 4

나무가
숲이 되는 것처럼:
느리지만 완벽하게

엄마라는 이름의 꽃

'결혼과 육아'에 대한 카테고리가 머릿속에 전혀 존재하지 않았던 시절에 《엄마 잃은 아기 하마》라는 동화책을 본 적이 있다. 그림책에 나오는 말이라곤 '엄마?'와 '아가!' 달랑 두 단어뿐. 그 책을 왜 읽게 되었는지에 대한 기억은 없는데 책의 마지막 페이지를 덮으며 조금 울컥했던 기억이 난다. 스토리는 대략 이러하다.

엄마 하마와 아기 하마는 행복한 일상을 보낸다. 아기 하마는 꼭 우리 집 누구처럼 하루 종일 엄마 꽁무니를 졸졸 쫓아다니며 계속 부른다. 엄마, 엄마, 엄마… 그러던 어느 날 태풍이 몰아쳐 아기는 바다 한복판에서 엄마를 잃어 버리게 되고 겨우 혼자만 구조되어 동물원으로 옮겨진다. 아기 하마는 바다 위에서 엄마를 놓쳐 버렸을 때도, 동물원으로 옮겨지는 차 안에서도 내내 "엄마"를 불렀다. 아기 하마는 동물원에서 한 늙은 거북이를 만나게 되는데 그를 "엄마"라 부르며 졸졸 쫓아다닌다. 그리고 마지막 장면, 거북이가 아기 하마를 향해 이렇게 말한다. "아가!"

이 동화는 실화를 배경으로 쓰여졌다. 2004년 12월 인도네시아 부근에서 일어난 큰 쓰나미가 인도양을 덮쳤고 케냐의 어떤 강을 헤엄치던 하마 한 무리가 바다로 휩쓸려 간 사건이 있었다. 대부분의 하마들은 안전하게 돌아왔지만, 아기 하마 한 마리가 무리에서 떨어져 나가 엄마와 헤어지게 된다. 드넓은 바다에서 외로운 밤을 보냈을 아기 하마는 다행히 케냐 야생동물보호협회와 지역 어민들에게 발견되어 '오웬'이라는 이름도 갖게 되고 근처 동물원으로 보내졌다. 실제로 그때 '오웬'은 몇몇 동물들에 둘러 쌓이게 되고 130살 된 거북이를 제 엄마인 것처럼 따라서 그 이후로도 쭉 진짜 어미와 새끼처럼 잘 지냈다는 이야기이다.

아이가 하루에 부르는 '엄마'의 횟수는 몇 번일까?
우리 집에 사는 다섯 살 아이는 오늘 약 1,673번 정도 '엄마'를 불렀다. 옆에 있어도, 조금 떨어져 있어도, 수시로, 그냥 아무 이유 없이, 또는 특별한 이유가 있어서 시도 때도 없이 그냥 엄마를 부른다. 일 년 넘도록 함께 집에 있다 보니 아마 전보다 두 배는 더 부르는 것 같다.

　　모르는 사람이 내 이름을 그렇게 불러 댔다면 아마도 크게 싸움이 났지 싶은데 엄마라는 단어가 뭔지(그 단어의 98%는 솜으로 이루어진 것 같다) 대부분은 그냥 "응? 왜?" 하고 에어백 마냥 받아 줄 수 있다. 그러나 같은 단어를 1분에서 3분 간격으로 수십 번 듣게 되면 숨이 턱 하고 막힐 때가 종종 생긴다. 도대체 왜!!! 왜? 왜!!! 뭐 어떻게 하라고!!!!! 나 좀 그만 부르라고!!!! 이렇게 소리치고 싶을 때마다 신기하게 그 동화책 속 아기 하마가 엄마를 부르는 장면이 떠오른다. 아기 하마가 바다에 둥둥 떠다니며 엄마를 부르던 장면이 내 머리 위로 둥둥 떠올라 괜히 가슴이 욱신댄다. 이런 날이 올 거라는 걸 운명처럼 알았던 것일까? 보험처럼 읽어두었던 그 동화책 덕분에 나는 오늘도 무사히 아이의 엄마 소리를 모두 받아줄 수 있었다.

　　인도네시아 코로나 상황이 심각해지면서 남편의 회사에서도 확진자가 늘어간다. 그래서 수시로 자가격리를 하고 아이는 오늘 이주 만에 아파트 운동장에 나갔다. 친구들이랑 노는 것이 얼마나 신이 났는지 평소 대비 엄마를 찾는 횟수도 훅 줄었다. 들락날락 거리며 "엄마!"를 대략 서른 번 정도 불렀고 부지런히 뭔가를 날라다 신발장 위에 두고 나간다. 아이가 수집한 '오늘의 낭만'이 뭔가 싶어 신발장 쪽으로 가 보니 핑크빛 은은한 부겐빌레아 몇 송이가 가지런히 놓여 있다.

부겐빌레아는 인도네시아 주택가, 길가 어디서든 쉽게 볼 수 있는 꽃이다. 남아메리카 출신인 열대 식물 중 하나인데 색깔을 띤 얇은 포가 안에 작은 꽃을 감싸고 있는 모양을 하고 있다. 꼭 작고 하얀 꽃들을 핑크색 한지 세 장으로 포장해 놓은 것처럼 보인다. 평소 꽃말 같은 건 잘 찾아 보지 않는 편인데 오늘은 슬쩍 검색창에 한 글자씩 눌러 보았다.

부겐빌레아의 꽃말: 정열과 사랑.

아이의 오늘의 마음은 "오랜만에 '정열'을 다해 놀아서 기쁘고, 집에 있는 엄마에게도 잊지 않고 이렇게 '사랑'을 전합니다" 쯤 되는 것 같다. 아이의 모든 것이 엄마에겐 언제나, 꿈보다 해몽이니까.

처음 인도네시아에 오던 해에 부모님이 잠깐 다녀 가셨다. 인천에서 자카르타까지는 7시간 반이 걸리고 자카르타에서 그

모여있는 부겐빌레아 Bourbainvillea 는
지중해를 떠올리게 합니다

어릴 적 동네 화원에 가면 늘상 있던 부겐빌레아는 흰색, 붉은색, 노란색 등 다양한 색을 갖고 있습니다.

덩굴성 관목으로 집 안에서 화분 안에서 키우는 경우도 있지만 보통 담장이 있는 곳에서 자주 목격되죠. 겉에 쌓여 있는 포를 꽃이라 생각하는 사람이 많은데 사실 꽃은 세 장의 포 안에 들어 있습니다.

종이처럼 얇은 이 꽃받침(포) 때문에 종이꽃paper flower 이라 부르기도 합니다.(실제로 한지 같은 느낌이 나기도 하고 말이죠) 꽃에 비해 포가 더 아름다워 자칫하면 안에 있는 진짜 꽃을 지나칠 수 있으니 가까이 다가가 꼭 꽃을 봐 주시면 좋겠어요. 워낙 생명력이 강해 초보자가 키워도 꽃을 수시로 볼 수 있는 식물입니다. 배수가 잘 되는 흙에서 물을 좀 야박하다 싶을 만큼 말렸다 주면 4월부터 11월까지 끊임없이 아름다운 꽃을 볼 수 있답니다. 우리가 흔히 꽃이라고 잘못 알고 있는 꽃 중에는 여름 꽃 수국도 있습니다. 상부의 보라색, 흰색 부분이 사실은 꽃받침입니다. 진짜 꽃은 그 안에 아주 작게 들어 있답니다.

나무가 숲이 되는 것처럼: 느리지만 완벽하게

당시 살던 도시까진 다시 두 시간을 더 가야 했다. 밤 비행기로 도착해 집에 오니 열한 시가 가까워져 있었고 부모님은 집 구석구석을 돌아보며 이런저런 얘기를 나누다 늦게 잠이 드셨다. 다음 날 아침 눈을 떴는데 벌써 일층에서 달그락달그락 소리가 났다. 엄마는 밥상 가득 사위 아침밥을 차려 주셨고, 이미 주방 선반 문은 죄다 열려 있었다.

이제 딸 집에 온 지 12시간도 되지 않았는데 엄마는 또 내 살림을 정리하고 있었다. 그렇게 엄마는 우리 집에 머무는 내 내 나의 주방에 계셨고 나는 엄마가 차려 주는 밥이 너무 좋았다. 그래서 어린 아이 마냥 엄마를 불렀다. 아주 여러 번.

돌쟁이 아이를 계속 안고 있는 내가 안쓰러워 엄마는 내 어깨와 허리를 연신 주물러 주셨다. 아이 밥 먹이느라 당신 딸 밥 못 먹을까 싶어 자꾸 내 접시 위에, 내 입에 음식을 떠다 나르셨다. 딸 집에 왔으니 좀 편하고 여유롭게 지내시면 좋겠는데 한시도 가만히 있지 않고 자꾸 내 주위에서 뭘 해주시려는 엄마에게 짜증이 났다. 나는 괜찮으니까 엄마 좀 드시고, 엄마 좀 쉬시라고요! 지나고 보니 그러지 말 걸 그랬다. 엄마는 내 엄마라서 자식 입에 밥 들어 가는 것이 가장 좋으셨을 것이고 자식 힘든 거 보느니 내가 힘든 게 차라리 마음 편하셨던 건데 나는 엄마 걱정, 엄마는 내 걱정 하느라 투닥거렸던 시간이 엄마가 가시고 나서야 후회가 되었다.

엄마가 떠나고 다음 날 아침 냉장고엔 한 달은 족히 먹을 반찬들이 가득 채워져 있었다. 남편의 회사 작업복은 옷장 가득 칼같이 줄맞춰 다려져 있었고, 현관 입구엔 동네 산책길에 주워온 부겐빌레아 한 뿌리가 엄마 손길을 거쳐 작은 화분에 귀엽게 심겨 있었다. 그날 엄마가 산책 길에 주어온 핑크빛 낭만과 오늘 내 아이가 나에게 건네준 이 핑크빛 마음이 같았겠구나 싶어 가슴 한 켠이 찡하게 울린다.

아이가 나를 언제까지 이렇게 애타게 불러줄까? 하루 천 번은 백 번으로, 백 번은 다시 열 번으로 그러다 하루에 한 번도 부르지 않는 날이 오게 될 거란 사실을 잘 알고 있다. 잠든 아이를 보며 아이가 그토록 부르던 그리 훌륭할 것도, 대단할 것도 없는 그러나 아이에겐 세상에 하나뿐인 엄마! 바로 나! 오늘의 내가 어떤 얼굴의 엄마였는지 되돌아 본다.

핸드폰 본다고, (그리 급하지도 않은) 집안일을 한다고, 그 고운 엄마 소리를 수십 번 넘게 무시했던 내가 있다. 어김없이 오늘도 신데렐라 마냥 자정이 되어서야 좋은 엄마로 돌아와 버렸다. 아이가 하루 종일 불러대던 엄마. 나도 그만큼 불렀을 엄마. 거울 앞엔 어느새 자라 엄마가 된 내가 있다.

가만히 '엄마'라고 입 밖으로 그 소리를 꺼내 보면 이 말끝에 늘 물기가 남는다. 참 마법 같은 단어다. 아이가 주어온 꽃망울 하나를 병에 꽂으며 살포시 속삭여 본다.

엄마.
엄마.
엄마.

나의 이름을 되찾다

지천에 자라는 크고 작은 풀들도 각자의 이름이 있다. 그저 우리가 뭉뚱그려 '풀'이라고 할 뿐 그들도 나름의 규칙을 지키며 저마다의 루틴으로 피고 지는 삶을 사는 귀한 생명들이다.

지난해 마지막 날, 한 가지 다짐을 했다. 올해는 작은 들풀에게도 관심을 갖고 살아봐야지. 그래서 걷다가 마주하는 이름 모를 풀들과 들꽃들에게 시간을 내보려 한다. 예를 들면, 가까이 다가가 잠시 몸을 낮추고 고개를 숙여 그 생김새를 찬찬히 들여다 보는 일 같은 것 말이다. 고작해야 1~2분인데 그동안 그런 시간 낼 여유조차 갖고 살지 못했음을 고백한다.

자주 보는 풀, 조금 생소한 풀의 사진을 찍고 집에 돌아와 사진 검색을 해본다. 조금 더 시간이 있다면 도감을 뒤적여 보기도 한다. 정확한 이름을 못 찾는 경우가 대부분이지만 그래도 가족과 친척들이 어떤 식물들인지 정도는 대략 알 수 있다. 물론 정확한 이름을 찾을 때도 있고. 그럴 땐 메모장에 그 이름을 적어 두었다가 다음 번 그 곳을 지나갈 때 조용히 다가가 아는 척을 해 본다. "얘가 '씨네름'이라는 이름을 가진 풀이야. 위로 위로 거슬러 올라가면 할아버지가 국화래." 작은 들풀들의 이름을 안다고 이 세상이 뭐 달라지겠나 싶겠지만 그냥 그들의 존재와 살아온 시간을 인정해 주고 싶은 마음이다. 그리고 그들의 이야기를 자꾸 수집하다 보면 어쩌면 내가 살아가는 이 세상을 조금 다르게 볼 줄 아는 안목도 생길지 모른다.

가끔 동네 아이들에게 선생님을 자처할 때가 있다. '선생님'은 조금 무겁고 '이모'는 또 조금 가벼우니 그 중간 어디쯤의 모습으로 "이모 선생님"이 되어 본다. 문화센터가 있는 것도 아니고 따로 사교육을 받기도 어려운 해외살이에서 어린 아이들이 엄마 아닌 새로운 사람에게 색다른 무언가를 배울 수 있는 기회는 귀할 수밖에 없다.

지방 도시cikarang에 살 때 종종 동네 한국 아이들 몇몇을 모아 미술 놀이를 하곤 했는데 도시로 이사 오곤 처음이었다. 자카르타엔 한국국제학교가 있다. 사택의 대부분의 아이들은 한국 학교에 다니고 있는데 국제학교와 달리 한국과 같은 교육과정을 따른다. 그래서 지난주부터(1월 말) 사택 아이들 대부분이 겨울 방학에 접어 들었다.

코로나 때문에 몇 달째 집에만 있는 것이 안쓰러워 몇 가지 식물 오일로 로션을 만들어 보기로 하고 아이들을 모았다. 시어버터를 사용해 '천연 로션 만들기'가 주제였지만 사실 아이들과 식물에 관한 이야기를 나눠보고 싶었던 마음도 있었다. 초등학교 1, 2, 4학년 그리고 우리 집 다섯 살 꼬맹이까지 빙 둘러 앉아 식물이야기를 나눈다. 머리가 맑아지는 페퍼민트, 로즈마리, 라벤더, 프랑켄센스를 블랜딩한 오일을 관자놀이에 조금씩 발라주고 배경음악으로 새 소리와 바람에 나뭇잎이 부딪히는 소리를 들려 주었다. 이런 수업이 어색한지 처음엔 쭈뼛거리던 아이들이 곧 익숙해지자 차분해진다. 아무 데도 갈 수 없는 상황이지만 자연이 주는 향기와 차분한 숲의 소리만 있다면 언제든 그 자리에서 잠시 숲속 여행을 떠날 수 있음을 알려주고 싶었는데 그런 내 마음이 전해졌을지는 모르겠다.

어릴 때 동네 아줌마들은 우리 엄마를 "영경아~"라고 부르셨다. 분명 엄마에겐 이름이 있는데 왜 엄마 이름 대신 내 이름을 붙여 부르는지 이해가 가지 않았다. 그런데 우리 엄마가 옆집 선철이네 엄마를 "선철아~"라고 부르는 걸 보고 생각했다. 아! 엄마가 되면 누구나 자기 자식 이름으로 불려지는 거구나! 하고 말이다. 시간이 한참 지나 내가 고등학생이 되었을 때 같은 반 친구가 자기 엄마를 이름을 붙여 "〇〇씨"라고 다정스럽게 부르는 걸 보고 그때 알았다. 내가 17년 동안 단 한 번도 엄마 이름을 불러보지 않았다는 사실을 말이다.

아이를 낳고 더 이상 회사생활을 하지 않게 되고부터 나역시 몇 년간 내 이름 보다 "솔리엄마"로 불리는 것에 익숙한 삶을 살았다. 새로 만나는 사람들의 대부분은 아이와 연결되어 있었고, 첫 만남에선 내 이름보다 아이 이름을 묻는 것이 더 자연스러웠다. 아이 이름을 알면 굳이 내 이름을 말할 필요도 없었다. 그런 일들이 반복되자 나는 그 시절 내 이름으로 불리던 엄마가 떠올랐다. 만약 평생 불려지는 이름에도 질량의 법칙 같은 것이 적용된다면 지금 불려져야 할 내 이름은 이미 그 시절 우리 엄마에게 물려져 횟수가 다 채워져 버린 걸지도 모르겠다.

이름이 뭐 그렇게 대수냐고 할 수도 있겠지만 처음 식물일기를 책으로 써보지 않겠냐는 제안을 받고 계약서에 인쇄된 내 이름 세 글자를 보고 나는 조금 눈물이 났다. 아이의 언저리 어딘가 구겨져있던 내 이름이 누군가의 손바닥으로 쫙쫙 펼쳐지는 기분이었다. 5년간 구겨져 있던 내 이름. 나는 이제 아이의 그림자에서 빠져 나왔다. 아이는 아이의 그림자를, 나는 나의 그림자를 각자 따로따로 갖게 된 것이다. 우리는 반드시 그래야만 한다. 엄마라는 사람도 아이가 성장하는 만큼 똑같이 자라야 한다. 이제 아이는 혼자서도 잘 걷고 맘껏 뛸 수 있다. 이제 나도 내 보폭에 맞는 걸음을 걷고 숨이 찰 만큼 맘껏 뛸 것이다.

모인 아이들의 이름을 한 명씩 부르며 함께한 소감을 물었다. 그리고 하고 싶은 말을 한다. 나와 너, 이 세상 수많은 들풀과 나무와 동물들이 모두 같은 땅을 밟고 산다고. 그 땅은 걷고 걷다 떨어지는 네모가 아니라 걸어도 걸어도 무사한 동그라미라고. 우린 개개인 모두 그 동그란 땅 위에서 가장 처음이기도 가장 나중이기도 하다고.

그러니 '그 무엇과도 자신을 비교하지 말라'고 말이다.

아이들이 각자의 이름으로 된 자신만의 인생을 써나갔으면 좋겠다.

오늘 아이들 앞에서 "이모 선생님 이름은 권영경이에요"라고 내 이름 세 글자를 또박또박 말했다. 마음에 싹이 트는지 한

"얘가 '씨네름'이라는 이름을 가진 풀이야.
위로 위로 거슬러 올라가면 할아버지가 국화래."

참 심장이 간질간질했다. 엄마들이 아이를 키우며 자기 자신이
없어지는 느낌을 받게 되는 건 어쩌면 자신의 이름이 불려진지
꽤 오랜 시간이 지나 버렸기 때문일지도 모른다.

　　이제 이 글의 처음으로 돌아가보자. '풀'이라는 단어에 '엄
마'를 넣어 다시 읽어 본다. '엄마'들도 각자의 이름이 있다. 그
저 우리가 뭉뚱그려 엄마라고 할 뿐 그들도 나름의 규칙을 지
키며 저마다의 삶을 사는 귀한 생명이다.
　　귀.한.생.명.

'누구누구의 엄마' 말고 소중한 내 이름을 천천히 불러 주는 사람, 그 사람이 남편이어도 좋고 내 아이여도 좋겠지만 가장 먼저 그것이 나 스스로가 되면 더 좋을 것 같다.

씨네름 Cyanthillium cinereum

국화과 식물로 전세계 열대 및 아열대 지방(인도네시아, 인도)에서 흔히 볼 수 있는 들풀입니다.

자주 보이는 잡초다 보니 아이가 가끔 보물처럼 가져와 저에게 선물로 주는데요. 가만히 테이블 위에 올려 두면 보라색 부분이 쫙 피면서 솜털 같은 꽃이 활짝 핀답니다.

식물생활의 길

'그림 보는 것 좋아합니다' 라고 하면 때론 "미대 나오셨어요?"라는 물음을 되돌려 받곤 한다. 그래서 예술이란 전공자들에게 훨씬 호의적이구나라고 생각을 해 본 적도 있다. 어린 시절, 미술학원에 다녔던 기억 하나쯤 가지고 있을 것이다. 실제로 미술학원을 다니지 않았더라도 "그림 한 번 배워 볼래?" 혹은 "미술학원 다녀볼까?" 정도의 질문을 생각하거나 받아 본 경험이 한 번은 있을 것이다.

그뿐인가? 아이를 출산하고 외출이 쉽지 않아 하루 종일 집에만 있어야 했던 지난 몇 년간 내가 아이와 가장 많이 했던 것 또한 '물감놀이'었다. 그렇게 어릴 때부터 우리는 만들기, 그림, 색칠 그러니까 이 모든 것을 통칭하는 단어 '미술'에 기대어

나무가 숲이 되는 것처럼: 느리지만 완벽하게

살아왔다고 해도 과언이 아니다. 그러했음에도 성인이 되어 그림을 보러 다니는 일은 '고상한 취미' 정도의 취급을 받는다. 미술은 태어났을 때부터 어린 시절 내내 그렇게나 우리 곁에 있었는데도 말이다.

그림은 언어와도 비슷해서 감정을 말이나 글로 전달하는 것만큼 솔직하고 직관적이다. 또한 글쓰기와도 공통점이 많다. 무언가를 표현하고 싶을 때 우리는 가장 처음 하얀 종이 위(또는 하얀 모니터 위)에 손을 가져간다. 글과 그림은 모두 주인공과 배경이 있다. 읽는 사람, 보는 사람에 따라 해석이 달라진다는 공통점도 있다. 가끔 여백이 많은 글, 예를 들면 시 같이 축약된 언어로 된 글이 읽는 사람에게 더 많은 생각을 던져 주기도 한다. 그림도 마찬가지다. 우리는 종종 여백이 많은 그림에서 자신의 진짜 이야기를 더 많이 투영시키는 경험을 하니 말이다.(형태없이 색만 가득한 마크 로스코 그림을 보며 눈물을 흘리는 사람을 종종 볼 수 있는 것도 그런 비슷한 이유가 아닐까?)

나는 미술 시간을 좋아하는 아이였다. 전공으로 선택하진 않았지만 아주 큰 카테고리에서 보면 조경도 어느 정도는 미술과 비슷하다고도 할 수 있다. 그러다 우연한 기회에 미술 기획사에서 일할 기회가 생겼다. 대학원 진학을 코 앞에 두고 말이다. 일이 어찌나 적성에 잘 맞는지 매일 즐겁고 행복했다. 당시 주력으로 했던 일은 명화를 이용한 아트상품을 만들어 판매하는 일이었다. 2006년만 해도 대형 전시(세계적인 미술관의 소장품을 한국으로 가져와 하는 기획 전시)가 흔한 시기가 아니었다. 해외여행을 가거나 책에서만 보던 명화들을 직접 볼 수 있는 전시였다. 한불수교 120주년 기념으로 국내 처음으로 프랑스 루브르 박물관 소장품을 전시를 한다고 했을 때, 많은 사람들의 큰 기대와 관심을 가졌다. 그 전시는 나에게도 잊지 못할 여러 에피소드를 남겼다.

아트숍은 전시장 입구 바로 앞쪽에 있었다. 입장한 사람들은 우선 우측 전시장 안으로 들어가 전시를 보고 나와 마지막으로 아트 상품들을 둘러 보고 퇴장 하는 것이 보통의 관람 루트였다. 한 날은 한껏 치장한 40대 초반의 여성이 어린 아들 둘을 데리고 입장을 했다. 그녀는 표를 내고 입장 하자마자 홀을 한번 휘둘러 봤다. 그리고는 아트숍 쪽으로 걸어왔다. 벽에는 유명한 화가들의 작품이 프린트된 액자가 걸려 있었고 그 사이엔 '모나리자'도 있었다. 루브르 박물관 하면 '모나리자'! 그 여자는 벽에 걸린 그림들을 아이들과 꼼꼼히 둘러봤다. 가격표에 써 있는 작가 이름과 작품 제목들을 아이들에게 간간히 설명도 해주며 그 앞에서 사진도 찍었다. 그러더니 아주 정교하게 프린트된 모나리자 액자 앞에서 한참을 서 있었다. 그녀는 이것 저것 물건들을 고르기 시작했고 꽤 고가의 제품들을 아주 많이 구매했다.

당시 아트숍 매니저로 일하고 있었던 나는 그 여자가 입장한 순간, "아! 이 여자는 지금 이 아트숍을 전시장이라고 생각하는구나!" 하고 직감적으로 알아챘다. 그녀가 몇 십만 원의 아트 상품들을 카드로 결제한 뒤 그대로 전시장 출구로 걸어 나가는 것을 보고 확신했다. 그녀를 향해 빠르게 다가가 "고객님 전시 아직 안보셨죠? 전시는 저 안쪽에서 시작됩니다. 이 물건들은 제가 아트숍에 잘 맡아 두겠습니다. 다 보시면 찾아 가세요"라고 말해주었다.

그녀가 기분 상하지 않도록, 그 누구도 눈치채지 않도록, 낮고 작은 목소리로 내가 낼 수 있는 가장 상냥한 목소리로 안내했다. 그녀의 등을 살짝 쓸어 내렸던 것도 같다. 그녀는 조금 얼굴을 붉혔고 어색하게 아이들과 함께 전시장으로 들어갔다. 한참이 지나 그들은 상기된 얼굴로 다시 아트숍을 찾았다. 그리고 그녀는 미리 구매한 봉투 안에서 노트 하나를 집어 나에게 내밀었다. 그리고는 "고맙습니다. 제가 이걸 꼭 드리고 싶은데요"라고 말했다. 나는 사양하지 않았다. 그녀와 눈을 맞추고 고개를 살짝 끄덕이며 그녀의 아이들 손을 잡고 출구까지 함께 걸어가 주었다. 그녀가 주고 간 노트엔 반 고흐의 노란 해바라기가 그려져 있었다.

그녀는 경험 값으로 나에게 꽃을 남겼다. 지금, 한 여자의 귀여운 실수를 이야기를 하려는 것이 아니다. 우리는 가끔 이렇게 이불킥을 날릴 만한 민망한 '경험 값'을 모아 보다 입체적이고 가볍지 않은 인생을 만들며 살아간다. 만약 내가 미술관련 일을 하지 않았더라면 모네와 파울 클레, 마티스와 칸딘스키가 얼마나 정원에 진심이었는지, 영국의 국민화가 세드릭 모리스Cedric Morris가 사실은 원예가로 더 유명했고, 레오나르도 다빈치가 생의 마지막 시기를 식물을 연구하며 보냈다는 사실을 별 감흥 없이 지나쳐 버렸을지 모를 일이다. 화가들은 정원을 예술의 영역으로 기꺼이 인정했고 과일과 채소, 꽃과 정원을 돌보는 소소하고 단순한 행위에서 영감을 받아 수많은 작품에서 그것들을 정성껏 표현했다.

자연과 식물을 바라보면 나도 그들처럼 자연스럽게 여러 생각들이 떠오른다. 막상 식물들은 뇌도 신경도 없어 감정 자체를 갖고 있지 않은데 우리는 꽃과 잎, 줄기와 뿌리, 그들의 짧고 긴 생을 보며 참으로 다양한 감정을 느낀다. 화가는 그 감정을 기억하고 싶어 그림을 그리고, 작가는 숱한 문장들을 남긴다. 나 또한 그들과 같은 이유로 오래도록 식물생활을 멈출 수 없을 것 같다. 그나저나 전공을 접고 잠깐의 외도로 쌓았던 그 5년간의 경력(경험 값) 역시 이렇게 식물일기로 남기고 있으니 이 또한 식물에게 빚을 지고 있는 게 아닐까.

화가에게 자신의 길을 잃었다고 말하는 사람은 없지.
작가에게는 그렇게들 말하지. 하지만 화가에 대해서는
이렇게 말하지.
'그는 자신의 길을 찾아가고 있어.'
— 메리 올리버,《휘파람 부는 사람》(마음산책, 2015) 중에서

좀 가벼워지세요

자신들의 무게로 '물 주세요' 하고 말하는 식물들이 있다. 식물들의 물 주는 시기는 잎의 처짐, 손가락 기법(흙 안으로 손가락을 쑥 찔러보고 손끝에 만져지는 촉감으로 물주기 시기를 파악)으로 알 수 있지만 가장 쉬운 방법은 화분을 살짝 들어 보는 것이다. 물 주고 난 뒤 화분의 무게를 대략적으로 기억해두면 더 좋다. 이건 일부러 기억하지 않아도 화분을 옮기면 대충 느껴진다. 크기가 좀 큰 식물들의 경우 물주기 후 5~6일이 지났을 시점에 화분을 살짝 들어 보는 거다. 가볍게 훅 들리거나 기억했던 무게보다 가벼워졌다 싶으면 그때가 바로 적절한 물주기 타이밍이다. 그런 이유로 오늘은 파키라가 당첨! 되었다.

식물에 관심이 전혀 없던 사람이 식물 사이트를 둘러보게

나무가 숲이 되는 것처럼: 느리지만 완벽하게

되는 이유 중 하나는 "실내 공기 정화에 좋습니다"라는 유혹의 말 때문인 경우가 많다. 가장 구미를 당기는 건 바로 '나사NASA에서 선정한 공기정화 식물 베스트 10' 또는 각 기관마다 쏟아져 나오는 '미세먼지 잡아 먹는 식물 베스트 5' 이런 문구들인데 이것도 유행이 있어서 매년 화원에 가장 많이 보이는 식물들이 그 해의 어떤 기관에서 선정된 공기정화에 좋은 식물들이라 짐작해 볼 수 있다.

이 순위는 나사(국제항공우주국)와 조경건설업협회ALCA가 진행한 'NASA 공기청정 연구'에서부터 시작되었다. 완전히 밀폐된 공간, 환기가 불가능한 우주선 안을 가장 깨끗하게 정화하는 식물들의 종류를 실험으로 순위를 매긴다. 사실 식물이 공기를 깨끗하게 한다는 것은 눈으로 직접 확인할 수 없으니 뭔가 조금 막연하게 느껴지기에 우리는 전적으로 이런 순위들을 믿을 수밖에 없다.

학부 시절 어느 날 연구실 선배가 하루 종일 현미경으로 여러 잎들을 쭉 나열해 두고 하나씩 들여다 보던 날이 떠오른다. 잎 뒷면의 일부를 떼어내 공변세포와 기공을 관찰하는 것이었는데 식물이 공기를 정화시킨다는 그 막연했던 사실을 눈으로 확인해 볼 수 있었다. 현미경 안으로 촘촘하게 보이던 구멍들. 정확히 어떤 잎과 비교를 했었는지 기억나지 않지만 파키라가 거기 있었던 잎들 중 압도적으로 구멍(기공)이 많았다. 기공이 많다는 것은 그만큼 이산화탄소를 흡수하는 통로가 많다는 것이고 산소를 또 그만큼 많이 내어 놓는다는 말일 것이다. 다른 식물에 비해 입과 코가 많으니 공기정화를 확실히 잘하는 식물이란 말이다. 현미경 속 빼곡하게 채워져 있던 그 기공들이 20년이 지난 지금까지도 왜 기억이 나는지 모르겠지만 나는 지금도 공기정화식물 하면 그날의 구멍들과 파키라가 가장 먼저 떠오른다.

식물들은 부지런히 광합성을 통해 공변세포를 열고 닫으며 이산화탄소 사냥을 한다. 어쩌면 우리 집 스파이더 플랜트 spider plants라 불리는 접란과 박쥐란이 민감성대장증후군을 앓고 있는 남편이 주로 사용하는 화장실에서 유독 잘 자라는 것은 기분 탓이 아닐지도 모르겠다.

해와 바람에 대한 유명한 동화가 있다. 해와 바람이 지나가는 행인을 상대로 서로 힘 자랑을 한다. 바람은 자신이 행인의 옷을 벗길 수 있을 거라 자신한다. 그러나 바람이 많이 불수록 행인은 더욱더 단단히 옷깃을 여밀 뿐이다. 결국 행인의 옷을 벗긴 건 거센 바람이 아니라 뜨거운 태양이었다. 식물들도

집집마다 하나씩은 있다는
바로 그 식물 파키라^{Pachira}

식물을 잘 모르는 사람들도 살면서 한번쯤은 들어봤을 법한 이름, 파키라. 물론 우리 엄마 베란다에도 한자리 차지하고 있었던 식물입니다. 그늘에서도 잘 자라고 물주기도 그리 예민하지 않아 키우기 정말 쉬운 식물인데 미세먼지까지 쭉쭉 먹어 준다니 이리 고마울 수가 없죠. 외국에선 money tree라고 부르는데요. 가난한 한 남자가 길을 가다 특이하게 생긴 이 나무를 주워다 애지중지 키워 되팔아 큰 부자가 되었다는 전설이 있습니다. 미니 야자수 느낌이 나기도 하고 얇은 가지와 잎사귀 때문에 동양적인 분위기를 내기도 합니다. 주름치마처럼 짜글짜글 접혀 있다가 순서대로 요리조리 겹치지 않게 펼쳐지는 잎 모양새도 재미있고요. 가지는 처음엔 초록색인데 자라면서 목질화됩니다. 물이 부족하면 양분을 끌어올려 줄기가 두툼해지는데 이런 물 조절로 원하는 두께의 줄기를 만들어 볼 수도 있고 목질화되기 전 가지를 서로 꼬아 두꺼운 가지를 만들어 볼 수도 있습니다. 식물 초보자에게 추천하는 대표적인 식물이기도 하니 초보 식물러라면 꼭 함께 해 보시기를 추천합니다.

마찬가지다. 빠른 강풍이 불 때는 기공이 닫힌다. 증산작용을 억제하기 위해 스스로 방어를 하는 것인데 이렇게 잎의 기공을 통해 빠져 나가는 수분보다 뿌리로 흡수하는 수분의 양이 모자라면 식물은 시들어 버린다. 적당한 온도와 산들 바람이 불 때 오히려 증산작용은 훨씬 활발하다. 그래서 어린 모종을 심기 좋은 날은 바람이 불지 않는 날이다.

거꾸로 가는 계절은 없다. 그러니 분명 다음번 계절이 찾아 올 것이다. 그때가 오면 지금의 묵은 옷 죄다 벗어 던지고 사랑하는 사람들과 손 꼭 잡고 가볍게 걷고 싶다. 몸의 기공도 활짝 열고 뜨거운 햇살 받으며 광합성도 실컷 하고 나쁜 공기들 죄다 걸러내 모두가 이로워졌으면 좋겠다.

가벼워지자! 그래야 새로 맞이할 그날, 새로운 물을 마음껏 꿀꺽꿀꺽 마실 수 있을 테니.

지역과 인종에 대한 혐오와 차별이 날이 갈수록 심해진다. 코로나 확진자 수가 좀처럼 줄지 않자 자국민끼리 서로의 잘잘못을 따지느라 한인 커뮤니티가 시끄럽고 해외 거주자들 입국을 금지 해야 한다고 같은 나라 사람들이 같은 나라 사람들을 자꾸만 밀어낸다. 지독한 바이러스는 또 다른 단절의 바이러스를 만들어냈다. 찬 바람만 불어 대면 절대 옷을 벗길 수가 없다. 지금, 인류를 뒤덮은 이 두꺼운 옷을 벗길 수 있는 유일한 것은 거센 바람이 아니라 햇살처럼 따뜻한 연대일 것이다.

9월 중순부터 늦은 밤에만 내리던 비가 10월이 되면서 오후부터 요란하게 내린다. 우기가 오려나 보다. 동남아는 일년 내내 여름 한 계절이라 생각하기 쉽지만 사실은 건기와 우기로 계절을 구분 짓는다. 동남아시아살이 5년 차가 되니 이젠 제법 우기와 건기의 계절감이 생겼다. 밤에 내리던 비가 점점 낮 시간대로 옮겨가면 우기(보통 10월~4월), 반대로 낮에 쏟아 붓던 비가 밤 시간대로 옮겨가고 더 이상 오지 않으면 건기다. 그런데 이것도 이젠 옛말 같다. 건기에도 수시로 비가 온다.

한국처럼 사계절의 뚜렷함은 느낄 수 없지만 열대 기후에도 분명 계절의 차이가 있다. 30도를 웃돌던 기온이 25도까지 떨어지는 우기엔 한기마저 느껴지기도 하고(우기엔 가죽점퍼를

입고 오토바이를 타는 현지인들을 종종 볼 수 있다) 그 몇 도 차이에
도 에어컨을 덜 틀고 따뜻한 커피를 찾게 된다. 반면 건기의 정
오는 숨이 턱 막힐 정도로 뜨겁고 30분 이상 야외활동을 하기
도 힘들다. 그러나 건기라고 하루 종일 더운 것도 아니고 우기
라고 하루 종일 비가 오는 것도 아니어서 한국의 여름보다 이
곳이 더 시원하게 느껴지기도 한다. 그러니 인도네시아를 여행
할 계획이 있다면 이곳만의 계절을 이해하고 계획을 잡을 것을
추천한다. 이글거리는 적도의 태양을 원한다면 건기가 좋겠고,
한바탕 내린 비로 축축해진 열대 식물의 향기를 느끼고 싶다면
우기가 좋다. 개인적으로는 환상적인 적도의 하늘을 감상할 수
있는 우기를 더 좋아한다.

이런 열대 기후에 딱 맞는 식물이 있다. 바로 몬스테라다.
동남아시아 지역을 여행해 봤다면 상당한 크기의 몬스테라를
길거리에서도 흔하게 본 경험이 있을 것이다. 몬스테라는 본래
커다란 나무에 붙어 자라는데 실제로 조금 깊은 숲속에 들어가
보면 1미터 이상 되는 몬스테라 잎들이 나무 기둥을 감싸고 자
라는 모습을 쉽게 볼 수 있다. 처음엔 열대 식물원에나 가야 볼
수 있던 크기의 몬스테라를 길거리에서도 볼 수 있다는 게 신
기해 수 십 장의 사진을 찍었다. 이젠 지천에 깔려 있어 무심코
지나쳐 버리기도 하지만 여전히 어마어마한 속도와 크기로 자

라는 야생의 몬스테라는 충분히 매력적으로 보인다. 일 년의 반은 비를 맞고, 반은 원 없이 해를 본다. 볼 때마다 식물들에겐 물도, 해도 넘쳐나는 동남아시아가 지상 낙원이겠구나 싶다.

인스타그램에 처음으로 식물일기를 쓰기 시작했을 때, 가장 먼저 소개했던 식물은 몬스테라 아단소니였다. "구멍 숭숭 박힌 쟤는 어디가 아파서 저런 건가요?", "원래 저렇게 생긴 식물이에요?", "쟤 이름이 뭐예요?" 등등 여러 질문을 받았다. 의외로 많은 사람들이 식물을 알고 싶어 하고 관심을 보였다. 그 사소한 반응들이 재미있어서 식물일기를 계속 쓰고 싶어졌다. 거기다 나의 우울함과 무료함도 날려 주고 있으니 우리 집 식물 서열 1위! 반장이라 칭해도 전혀 손색이 없겠다.

자. 구멍이 앞으로!! ('구멍이'는 아이가 지어준 이름이다)

몬스테라 아단소니를 Swiss Cheese Plant라고도 한다. 생긴 게 정말 만화 '톰과 제리' 속 구멍 뽕뽕 뚫린 치즈 모양을 닮았다. 누가 지었는지 별명 하난 참 잘 지었다. 몬스테라 종류는 40여종이 있는데 대부분 잎이 찢어진 형태로 자란다. 잎의 구멍으로 바람을 내보내 비바람에 견디기 쉽도록 진화되어 왔다는 설도 있고 구멍을 통해 주변 식물 색과 어우러져 동물들로부터 자신을 보호한다는 등 다양한 가설이 존재한다. 그러나 결론은 결국 광합성을 잘 하기 위함이다.

아프리카가 고향인 이 식물은 숲 바닥에 겹겹이 쌓여 위로 옆으로 마구 뻗어 자라는데 그렇게 바닥에 있다 보면 밀림의 수많은 식물들, 덩치 큰 나무들 사이에서 빛 받기가 여간 어려운 일이 아니다. 아마도 맨 아래쪽 잎들은 어둠 속에서 계속 죽어 갔을 것이다. 그들이 빛이 필요한 아래 식물들을 위해 선택한 방법은 서로가 각자 잎에 구멍을 내는 것이었다. 모두가 빛을 골고루 받을 수 있도록, 다 같이 잘 살 수 있도록 스스로 잎을 찢기로 한 식물! 세상에, 이 얼마나 배려심 강한 식물군인가! 몬스테라가 꾸준히 사랑 받는 이유는 잎의 독특한 아름다움도 있겠지만 그들만의 공생법칙으로 인간들과도 어울려 사는 법을 잘 알고 있기 때문일 것이다.

요즘 일주일에 한 장씩 새잎을 내어 주는 아단소니 덕분에 마치 내가 금손, 그린핑거 green finger (식물 키우는 데 소질이 있는 사람)가 된 것 같은 기분이다. 오늘은 제 맘대로 난 잎들을 정리할 겸 가지치기를 했다. 자른 잎들은 나란히 물에 꽂아 어두운 곳에 놓아둔다. 줄기 아래로 뿌리가 내리고 좀 더 튼튼히 자라면 작은 토분에 담아 쪼로록 모아 두었다가 집에 찾아오는 이

독특한 식물 하나쯤 키우고 싶다면?
개성 넘치는 몬스테라 아단소니!

몬스테라들은 다른 식물들과 마찬가지로 자생지의 환경과 비슷하게 반그늘 상태를 만들어 주면 잘 자란답니다. 직사광선을 보여줄 필요가 없으니 집에서 키우기 딱! 좋은 식물이라 할 수 있죠(강한 빛을 받으면 잎이 타버리니 조심하세요!) 특히 몬스테라 아단소니는 구멍이 뽕뽕 뚫려있어 집에 이것 하나만 둬도 묘하게 눈에 띄는 매력이 있어요! 덩굴성 식물이라 아래로 늘어트려 키울 수도 있고 수태봉을 세워 위로 향하게 키울 수도 있습니다. 다양한 형태와 방향으로 개성 넘치는 나만의 아단소니를 가꿔 보세요.

'공중뿌리'(전문적인 용어로 '삽수'— 꺾꽂이를 하기 위하여 일정한 길이로 잘라 낸 식물의 싹— 라고 합니다)라고 하는 기근이 존재하는데 이 기근과 기근 사이를 잘라 물에 꽂아 놔도 몇 주만에 뿌리가 내려요. 무난히 잘 자라는 데다 성장속도도 빠르고 가지만 잘라 삽수로 뿌리 내려 식구를 늘릴 수도 있으니 키우는 재미가 쏠쏠한 식물입니다.

나무가 숲이 되는 것처럼: 느리지만 완벽하게

웃들에게 하나씩 나눠줄까도 싶다. 구멍 숭숭 난 병든 식물을
왜 주냐고 할지도 모르겠다. 그런 분이 계시다면 수태봉을 타
고 씩씩하게 올라 예쁘게 자라는 우리 집 반장님을 꼭 보여주
고 싶다.

많은 사람들이 식물에 관심이 생기길 바란다. 제 몸에 구
멍을 뚫을지언정 사람도 식물도 동물도 모두가 공생하며 오래
오래 함께 살았으면 좋겠다. 그래서 오늘도 또 한 명의 식물 덕
후가 생겨나길 바라는 마음으로 이렇게 식물일기를 꾹꾹 눌러
쓴다.

가정 주부로 사는 엄마들의 삶은 얼마나 단조로운가!

아무도 깨지 않은 새벽 가장 먼저 일어나(물론 아닌 날도 꽤 많지만) 가족들의 아침을 챙기고, 아이의 온라인 수업을 챙기고, 점심을 차려주고, 집안일을 하고 다시 저녁을 한다. 그렇게 똑같은 하루가 마무리 되면 그제서야 주어진 내 시간이 너무 아까워 잠도 못 잔다. 자는 것 빼곤 뭐든 다 하다 결국 가족 중 가장 늦게 잠자리에 들고 다음날 아침 또 가장 먼저 하루를 시작한다. 매일 쳇바퀴 굴러가듯 반복되는 (어쩌면) 재미 하나도 없는 일상에 엄마의 하루가 온전히 유지되는 건 바로 '책임감' 때문이다.

가장의 책임감에 비해 주부의 책임감을 폄하하는 경우가

많지만 오래전부터 존재한 우리 엄마들의 책임감을 부정하는 사람은 아마 없을 것이다. 나 역시 엄마가 되어서야 비로소 책임감의 참뜻을 알게 되었다. '책임감 있는 사람'이란 곧 '믿을만한 사람'이란 뜻과도 같다. 아이는 부모를 아무런 조건 없이 믿고 부모들은 그 무조건적인 믿음을 연료 삼아 아이에게 최선을 다한다. 그리고 책임감 있는 부모를 보며 아이는 세상을 향한 신뢰를 쌓아간다.

두발 자전거를 처음 배웠던 어린 시절 나를 떠올려 본다. 아빠가 자전거 뒤를 잡아 주고 있어서 불안하지 않았다. 혼자 탈 수 있을 때까지 잡아 주는 것은 부모의 책임이고 그것이 아이에게 '나는 안전하다'라는 믿음을 심어준다. 그 믿음이 없다면 아이는 스스로 페달을 밟고 세상으로 절대 나아갈 수 없다. 그 다음은 아이의 몫이다. 비틀거리며 자전거가 앞으로 나가는 순간 아이는 스스로를 믿게 되고 자신을 책임질 능력을 갖게 된다. 실패를 이겨낸 성취감을 바탕으로 말이다.

책임감 있는 아이는 남에게 의지하기 보다 주어진 일을 앞서 행한다. 그리고 자신의 선택에 따른 결과를 순순히 받아들인다. 실수하고 잘못된 것이 있다면 그마저도 인정하고 먼저 사과할 수 있다. 우리 사회는 지금 책임감 있는 사람들의 서로를 향한 믿음이 전적으로 필요하다. 태어나 바로 어른이 되는 사람이 어디 있겠는가. 우리 아이를 책임감 있는 어른으로 기르자! 이것이 불확실한 지금을 살아가는 우리 엄마들에게 주어진 '책임'이다.

한국 나이로 여섯 살이 된 우리 집 꼬맹이는 그런 이유로 요즘 부지런히 책임감을 기르는 중이다. 아직은 방 청소를 돕거나 자기가 먹은 식기를 정리하는 일 정도이지만 가족의 일원으로 뭔가 소속되어 인정받는 기분이 꽤나 좋은 모양이다. 사실 어른의 눈높이로 보면 아이가 해 놓은 일이 마음에 차지 않는 것이 대부분이다. 그래도 어른들은 현재의 아이를 인정하고 존중하는 태도를 유지하도록 노력해야만 한다.

어릴 때 비 오는 숲에 떨어진 솔방울을 주워다 침대 옆에 놓아 둔 적이 있다. 잊고 있다가 며칠 지나 보니 나무껍질같이 딱딱한 솔방울 비늘 조각이 쫙 펼쳐져 있었다. 분명 동그랗게 꽉 닫힌 솔방울을 주워 왔던 것 같은데 펼쳐진 모습을 보니 누가 마법을 부린 것 같았다.

화창한 날이 지속되면 솔방울의 딱딱한 비늘이 마르면서 뒤로 활짝 열렸다가 비가 오고 물이 닿으면 다시 동그랗게 말린다. 이유는 딱딱한 껍질 속 얇게 붙은 씨앗에 있다. 열린 솔방울 조각 사이사이를 자세히 보면 아주 얇은 씨앗이 붙어 있는 것을 볼 수 있는데 엄밀히 말하면 얇은 종자 비늘 끝에 씨앗이 붙어 있는 형태다. 솔방울 하나에 많게는 100개의 씨앗이 들어 있다. 씨앗들이 잘만 날아가 준다면 솔방울 하나에서 백 그루의 소나무가 싹을 틔울 수 있다는 말인데 그리 생각하니 이 작은 솔방울이 마치 산처럼 크게 느껴진다.

작은 솔방울 하나도 스스로를 책임질 줄 안다.
활짝 열린 솔방울도 꼭 다문 솔방울도 그 이유를 알면 더 아름답다.

맑고 바람 부는 가을날, 솔방울은 비늘을 쫙 벌려 그 사이 사이 붙어 있던 얇은 씨앗들을 날려 종자를 퍼트린다. 그리고 비가 오면 비늘을 닫고 씨앗이 젖지 않도록 보호한다. 백 개의 씨앗을 위해 솔방울은 지금도 비늘을 열고 닫기를 무한 반복하고 있다. 심지어 나무에서 떨어진 지 몇 년이 지난 녀석 마저 제 몸에 남아 있는 씨앗들에 끝까지 책임을 지고자 한다. 솔방울이 씨앗을 대하는 태도에 가슴이 뜨거워진다. 그것은 어쩌면, 좋은 날 골라 세상을 향한 문으로 살며시 등을 밀어 주고 굳은 날 품에 꼭 안아 다치지 않게 보호하는 부모의 마음과도 같은 것. 뜨거운 책임감이다.

약한 사람을 보호하는 것이 우리 어른들에게 주어진 책임인데 그 기본적인 책임마저 저버리는 사람들을 보며 마음이 한 켠이 시리다. 솔방울만도 못한 사람들 같으니라고! 식물이든 동물이든 여리고 약한 것들을 보호해야 하는 것이 죽을 때까지 사람이 가져야 하는 책임감이다. 오늘, 아이와 책임감에 대한 이야기를 나누고 긴 말 대신 물속에 솔방울을 넣어 주었다. 쫙 펴진 솔방울이 씨앗들을 꽉 움켜 안는다. 때론 이렇게 책보다, 부모보다, 자연이 더 큰 선생님이 되어 주기도 한다.

나무가 숲이 되는 것처럼: 느리지만 완벽하게

솔방울 천연가습기를
만들어 봐요

습도에 따라 모양을 바꾸는 솔방울의 원리를 이용해서 봄 가을, 건조한 사무실이나 아이들 방에 솔방울 천연 가습기를 만들어 보면 어떨까요?

일단 솔방울을 준비해 주세요.

솔방울의 색이 흑색이거나 갈색인 경우가 있어요. 갈색 솔방울이 최근에 떨어진 깨끗한 상태의 솔방울입니다. 단지 관찰만 하실 경우엔 상관 없지만 천연가습기로 사용하실 때는 비교적 갈색인 것들만 모아 사용하시는 것이 좋습니다. 땅에 떨어진 지 오래된 솔방울(어두운 흑색)은 벌레나 곰팡이 등에 오염되었을 가능성이 높거든요.

먼저 주어온 솔방울을 깨끗이 세척해 주세요. 흐르는 물에 살살 씻거나 냄비에 소다를 넣고 팔팔 끓는 물에 한 번 세척해 주는 것이 좋습니다. 물을 묻히는 과정에서 이미 소나무들이 비늘을 다 닫았을 수 있습니다.

이렇게 수분을 가득 머금은 솔방울 개수로 습도를 조절할 수 있어요. 수분이 증발하면서 가습 효과를 볼 수 있는 거죠.

닫힌 솔방울은 2~3일 후면 다시 비늘을 펼칩니다.

솔방울 가습기는 무한정으로 반복해서 사용 가능합니다.

사실 엄청난 효과가 있는 것은 아닐 거예요.

다만 솔방울이 씨앗을 대하는 태도와 그 책임감에 대한 한번쯤 생각해 볼 기회가 되길 바랍니다.

나무가 숲이 되는 것처럼: 느리지만 완벽하게

이름처럼 살고 있습니까?

한국 사람 이름에는 저마다의 뜻이 담겨있다. 예전에 한 독일 친구가 한국 부모들이 아이의 이름을 지을 때 자신들의 바람과 이상향을 담아 짓는 것이 신기하다며 한국 사람만 만나면 그렇게 이름의 뜻을 물어보곤 했다. 이름에 담긴 뜻을 알고 나면 그 사람의 삶의 가치관이나 가족 분위기가 짐작이 된다고도 말했다. 한국 사람끼리 서로 이름의 뜻을 물어보는 일이 매우 드물지만 그 뒤로 나도 처음 만나는 사람에게 이름의 뜻을 물어 보곤 한다. 그리고 이름의 뜻을 들으며 내가 보지 못하는 그 사람의 삶과 부모님의 자식을 향한 바람도 살짝 짐작해 본다.

내 아이의 이름을 짓는 일은 그동안 살면서 해왔던 수많은 미션 중 가장 신중하고 어려운 것이었다. 부모가 지어 준 이름대로 아이가 자랄 것이란 생각은 그저 바람일 수 있지만 그러 거나 말거나 부모는 그 어떤 순간보다 신중에 신중을 더해 아이에게 평생 불려질 귀한 이름을 생각하고 선택한다. 그리고 동시에 아이로부터 '엄마', '아빠'라는 인생의 두 번째 이름을 받는다.

이름을 짓는 일은 어쩌면 아이와 부모의 마음에 한날 한시에 같은 씨앗을 심는 일과도 같다. 부모는 아이 마음에 심은 씨앗이 풍성한 잎을 틔울 수 있도록 해가 잘 드는 방향으로 몸을 돌려 주고, 마르지 않도록 부지런히 물을 준다. 잎들이 처지지 않게 뾰족한 막대기로 곁을 단단히 고정 시켜주기도 한다. 잎사귀를 떨구고 고개를 숙이기라도 하는 날이면 부모 마음 속 뿌리는 눈물로 가득 차 과습으로 썩는다. 부모 속이 썩으면 아이 마음에 핀 꽃도 툭 하고 떨어진다. 그렇게 평생토록 부모와 자식은 따로 또 같이 이어지고 또 이어져 자랄 것이다.

내 이름엔 '수도'의 의미를 품은 단어가 들어 있다. 아빠는 내가 되도록이면 큰 도시에서 편안하게 살길 바라셨다고 했다.(편안할 영寧에 서울 경京자를 쓴다) 이 얼마나 단순하고 명료한 바람인가! 나라의 '수도'에서 편안하게 사는 삶이라니! 아빠의 마음 구석 어딘가엔 자식이 큰 물에서 당당하게 제 능력 펼치며 살길 바라는 마음이 있으셨으리라.

우연의 일치인지 운명인지 알 수 없지만 나는 30년 넘도록 서울에 살았고, 서울이 들어가는 학교 두 곳을 졸업했다. 그리고 지금은 인도네시아의 '수도'에 살고 있으니 정말 이름대로

이름의 뜻을 알면
식물이 보이기도 합니다

식물의 이름(학명)을 알게 되면 그 식물을 대하는 마음가짐도 달라집니다. 이름을 알면 좀더 자세하게 그 식물을 파악할 수 있지요. 적어도 정보를 찾아 볼 수는 있게 되니까요. 식물이 나고 자란 고향은 어딘지, 그곳의 기후와 환경은 어떤지 알고 나면 어떤 흙을 좋아하고 어떤 종류의 꽃이 피는지도 궁금해집니다. 이름을 알았다면 그건 더 이상 모르는 초록 식물 또는 잡초가 아닙니다. 나만의 친구, 나만의 식물이 되는 거죠.

필로덴드론Philodendron은 그리스어로 '좋아하다'는 뜻을 가진 필로Philo와 나무를 뜻하는 덴드론dendron의 합성으로

'나무를 좋아하다'라는 뜻을 갖고 있습니다. 다른 나무와 어울려 자라는 습성을 가진 필로덴드론의 특성에서 유래된 것이죠. 필로덴드론 상당수가 덩굴성 식물이고 줄기의 마디에서도 나오는 기근(공기뿌리)이 다른 나무의 줄기를 지지하며 기어오르거나 감아 올라가며 자라기 때문에 붙여진 이름입니다. 화분으로 키울 수 있는 직립형과 덩굴성 두 가지 형태가 있는데 물만 적절히 잘 주어도 잘 죽지 않기 때문에 초보자들에게 추천합니다. 단! 독성이 있으니 반려동물과 아이들에겐 주의가 필요해요.

살아지는 게 맞나 싶은 생각이 들기도 한다(자카르타 동쪽 작은 소도시에 살며 일 년 넘게 고생했던 위와 장은 자카르타로 이사 온 뒤 감쪽같이 편안해졌다).

식물을 집에 들이면 아이와 함께 가만히 바라보다 이름을 지어 준다. 보통 잎의 모양이나 색깔들을 보고 떠오르는 이름을 지어 주거나 내가 식물에 대한 정보를 찾아 일러주면 아이는 가만히 듣고 있다가 그에 맞는 느낌의 단어를 떠올려 신중하게 작명을 한다. 아이에게도 이름을 짓는 일은 꽤나 신중하게 시간을 써야 하는 일이다. 이름이 생긴 식물은 아이와 애착

이 쌓인다. 애착은 곧 책임감으로 이어지고 아이는 알게 모르게 관계 맺음의 책임을 배우고 있다.

최근에 필로덴드론 philodendron 의 매력에 빠져 있다. 글로리오섬 philodendron gloriosu m 을 키우며 새잎을 본 이후 이 식물종에 대해 특별히 관심이 생겼다. 종류도 다양하고 특별한 관리 없이도 무난하고 건강히 잘 자란다. 뭘 해도 믿음이 가는 맏딸 같은 느낌이랄까? 그래서 하나 둘 키우다 보니 우리 집엔 총 여섯 종류의 필로덴드론이 산다. 글로리오섬, 레몬라임, 실버스워드(실버매탈). 옥시카르디움(브라질), 버럴막스 그리고 버킨이다. 각자 다른 매력을 가지고 있다. 필로덴드론은 물꽃이도 잘 되는 편이라 길게 자라는 줄기를 잘라 물에 넣어 두면 뿌리도 금방 내린다.(특히 필로덴드론 버럴막스는 수경재배로도 별 무리 없이 잘 자라는 식물이다) 이들은 한 번 걸러진 빛을 좋아해 특히 실내에서 키우기 좋다. 너무 강한 빛엔 잎 끝이 안으로 말려들어갈 수 있지만 그렇다고 너무 빛이 적으면 새잎이 나오지 않고 줄기만 자랄 수 있으니 일정량의 빛을 쬐어주는 것이 좋다.

필로덴드론 실버스워드(실버매탈)가 처음 집에 온 날, 고급스러운 무광택 은빛을 내는 이파리가 묘해서 한참을 봤다. 보통 잎의 색은 초록색이라고만 생각했던 아이도 신기한지 한참을 들여다 본다. 아이는 반짝거리는 은빛 잎이 올리브나무 뒷면을 닮았다며 "올리브나무 친구라고 부르면 되겠다"라고 했고. 올리브나무 옆에 두니 정말 사이 좋은 친구마냥 또 잘 어울린다. 아이는 직감으로 필로덴드론이라는 뜻(나무를 좋아해)을 알고 있는 듯했다. 역시 우리 딸은 일등 작명가이다!

식물도 사람처럼 키우는 사람(부모)의 마음을 담아 이름을 지어 준다면 정말 그 바람대로 자라지 않을까 싶다. 그렇다면 나는 앞으로 식물 작명 시간에 전보다 훨씬 많은 시간을 사용하게 될지도 모르겠다. 그나저나, 당신은 지금, 이름대로 살고 있습니까?

'솔리', 소나무 마을이란 뜻을 가진 이름의 씨앗을 아이와 내 가슴에 심은 지 여섯 해가 되어간다. 소나무처럼 늘 푸르고 건강하기를, 솔 향기 가득 머금고 스스로에게 또 많은 사람들에게 쉼을 줄 수 있는 마을과 나아가 큰 세상 만들며 살아가라고 지어준 이름이다. 살면서 본인의 이름이 한 번씩 불릴 때마다 엄마아빠의 응원이 마치 주문처럼 함께 하고 있을 거란 것을 아이가 기억해 주었으면 좋겠다. 그리고 아이가 매 순간 불러주는 이 근사하고 뜨거운 내 두 번째 이름, '엄마' 그 이름으로 부끄럽지 않게 남은 내 삶을 채울 수 있기를 바란다.

나무가 숲이 되는 것처럼: 느리지만 완벽하게

차량 간엔 '안전 거리'라는 것이 존재한다. 앞차가 급정거를 하더라도 적정한 안전 거리를 유지하고 있다면 사고가 덜 나기 때문이다.

일주일에 한 번씩 예전에 살던 동네를 운전해서 다녀오고 있다. 여전히 온라인 수업을 진행 중이라 아이 학교 준비물을 받아오려는 것이 목적이지만 사실은 지친 마음을 달래기 위해 옛 친구들을 만나러 가기 위함이기도 하다. 왕복 3시간, 고속도로 운전을 하고 오면 그날 밤은 정말 침대에 눕자마자 기절을 한다. 인도네시아라고 '차량 간 안전 거리 유지'가 무시되진 않을텐데 3년 가까이 이곳에 살면서 그 거리를 잘 지키는 사람들을 본 적이 없다. 밀리지 않아도 거의 앞차와 닿을 듯이 달리는 차가 수두룩하고 나 혼자 안전 거리를 유지하느라 매번 수십 대의 차가 내 앞에 끼어 들어 온다. 수시로 빵빵거리는 클랙슨 소리는 덤이다. 그러나 나는 절대로 그 거리를 좁히고 싶진 않다. 오래오래 이 세상에 살고 싶으니까.

사람 사이 관계도 마찬가지라는 생각을 한다. 적정한 거리를 유지해야 사람 사이에서도 사고가 나지 않는다. 인간 관계를 오랫동안 유지할 수 있는 비결 중 하나가 바로 적당한 거리 두기다. 여전히 종식되지 않은 코로나 시대를 살아가는 지금 우리 모두에게 해당되는 이야기이기도 하고 말이다.

나이가 들수록 좋은 점 중 하나는 대부분의 일들에 초연해진다는 것인데 인간 관계에서 '그러려니'와 '아님 말고'의 마음을 갖는 일은 마흔이 넘은 지금도 여전히 어렵다. 인간은 섬이 아니라 늘 사람 곁에 있어야 하지만, 어떤 관계에선 피로감과 불편함을 감출 수 없다. 최근 거리두기가 필요한 관계가 있어 상대에게 나의 피로한 마음을 전해야 할지 말아야 할지 몇 주를 고민했다. 이미 맺어진 관계에서 불편함을 언급하는 일은 평소 '거절 불가병'에 걸린 나에겐 그 어떤 일보다 어려운 일이다. 그럼에도 불구하고 조심스럽게 의견을 전했고 상대는 내 의도와 다르게 상처를 받은 듯 했다. 그런 나도 마음이 편할 리 없었다.

사실 그 사람에겐 잘못이 없다. 처음부터 모든 것을 다 받아 줄 것처럼 행동했던 내 잘못이고 그를 담기엔 내 마음이 그리 크지 못했다는 것이 이 관계를 끝낼 수밖에 없었던 이유였다. 잠시 후벼판 마음이 쓰라릴 순 있으나 분명 새살은 돋아날 것이다. 나에게도 그 사람에게도. 적당한 거리의 관계를 맺은 사람들과 더 오랜 세월 함께 하는 경우를 자주 본다. 건강한 관계는 적당한 심리적 거리에서 비롯된다. 연결된 모든 관계에서 좋은 사람이 될 필요는 없다. 서로의 사생활을 침해하지 않는 범위에서 서로가 연결되어 공존하는 것, 그것이 건강한 관계의 시작이고 금방 지치지 않는다는 사실을 늘 인지해야 한다.

서로에게 적정한 물리적, 심리적 공간을 두는 일은 비단 어른 사람과의 관계에서만 적용되는 것은 아니다. 아이와 나 사이에도 꼭 필요한 부분임에 틀림이 없다. 일요일 아침 나는 침대에 조금 더 오래 머물러 한두 시간 책 읽는 시간을 꼭 갖는다. 아이와 남편은 점심 시간이 되기 전까지 날 방해하지 않고 다른 방에서 둘이 논다. 블록이 달그락거리는 소리를 들으며 읽는 책은 몹시 달콤하다. 아이와 일분일초를 같이 붙어있는다고 해서 좋은 엄마 좋은 부모가 되는 것은 절대 아니라는 것도

수관기피현상^{crown shyness} 을 아시나요?

나무 꼭대기(crown:수관)가 수줍어하는(shyness) 것처럼 서로 닿지 않고 자라는 현상을 말합니다.

비슷한 수종의 나무가 가까이 있을 때 각자의 가지가 서로 닿지 않고 자라 자연스럽게 약간의 공간을 남기는 현상이죠. 상대방의 나무가 불편하지 않도록 일정한 거리를 유지하고 배려하며 상생하는 것입니다.

마치 누군가의 설계로 잘 짜여진 설치 미술 작품마냥 나무 꼭대기가 뚜렷이 경계를 가지고 자라는데 소나무, 녹나무, 유칼립투스 같은 나무에서 자주 볼 수 있습니다. 하늘로 쭉쭉 뻗어 자란 나무가 만들어 내는 이 수관기피는 숲 아래쪽 식물들에게도 필요한 햇빛을 나누어 줍니다. 그렇게 나눠준 햇살 받아 자란 식물들은 무성하게 자라 다시 땅을 촉촉하게 만들고 위쪽 식물들이 더욱 잘 자랄 수 있는 기반을 마련해 주지요. 또한 서로 닿지 않게 자람으로써 서로의 가지나 잎으로 병충해가 전달되지 못하게 하기도 합니다. 이렇듯 나무는 식물 공통체 안에서 최소한의 선^{line 線}을 지켜 다수에게 선^{good 善}을 베풀고 있습니다.

잘 알고 있다. 인간과 인간 사이의 이 적당한 거리두기는 위험한 사고(샤우팅, 한숨, 막말, 분노 등등)로부터 서로를 보호하고 더 안전한 관계를 유지할 수 있게 돕는다.

식물과 식물 사이에도 적정 거리가 있다. 씨앗을 심을 때 우리는 사이사이 공간을 두고 심는다. 머지않아 자랄 뿌리와 이파리가 서로에게 부딪혀 성장을 방해하지 않도록 미리 거리를 두어 심는 것이다. 이 단순한 법칙에 상대를 향한 배려가 깔려 있다는 사실을 이제 와서 깨닫고 있다..

오늘 사방으로 빼곡하게 뻗어 자라는 떡갈잎고무나무 작은 가지 하나를 잘라 물꽂이를 했다. 유칼립투스 아래쪽 가지 몇 개도 쳐 냈다. 가만 두었어도 어찌되었든 그 환경에 맞춰 자라기야 하겠지만 집에서 키우는 식물들이 조금 더 튼튼하고 보기 좋게 성장할 수 있도록 이렇게 최소한의 개입을 한다. 가지와 가지 사이, 잎과 잎 사이엔 공간이 생겼고 전보다 바람과 햇살이 잘 드나든다. 남아 있는 잎들은 쳐 낸 가지만큼 영양분도 많이 나누어 가질 테니 전보다 더욱 풍성하게 자랄 것이다. 그리고 잘려나간 가지엔 때때로 다시 뿌리가 자라 그만의 온전한 세상을 다시 시작하게 될 것이다.

나무가 숲이 되는 것처럼: 느리지만 완벽하게

코로나 시대를 살며 사회적 거리두기는 백신만큼이나 중요해졌다. 그러니 지금은 병충해의 퍼짐을 막기 위해(서로에게 피해 주지 않기 위해) 잠시 나무의 지혜를 빌려 보자.

마음 저 깊은 곳까지 따스한 햇살을 보낼 수 있도록,
마음의 부딪힘으로 힘들어 하지 않도록,
외부로부터 오는 공격으로 스스로를 보호할 수 있도록
잠시 일정 거리를 유지하는 게 좋겠다.
관계에서 중요한 건 같이 하는 시간이 아니라 눈에 보이지 않지만 느껴지는 마음의 농도일 테니.

오래오래
간직하고 싶어서

잎이 시들하거나 노란 반점들이 생긴다면 주저하지 말고 가위로 잘라 주어야 한다. 이미 병든 잎들은 다시 원래의 모습으로 돌아가기 힘들고 해충이 다른 잎으로 번질 수 있기 때문에 바

나무가 숲이 되는 것처럼: 느리지만 완벽하게

로 조치를 취해 주는 것이 좋다. 처음 식물을 기르기 시작했을 때, 뭔가 방법을 찾아내 색깔이 변하거나 아픈 잎들을 다시 건강한 초록빛을 내도록 만들겠다는 '무모한 사명감' 같은 것이 있었다.

하지만 지나고 보니 이미 병든 잎은 내가 애쓴다고 되살아 나지 않았다. 그래서 터득한 것은 적절한 시기에 잘라내기! 가능하면 빠르고 신속한 게 좋다. 물 마름(물 부족)으로 잎끝이 마르고 색이 변한다면 마른 부분만 가위로 잘라 주고 (옆으로 번지는) 노란 반점들이 생기는 잎들은 과감하게 잘라 버리자. 그것이 남아 있는 것들을 지켜 낼 수 있는 최선의 방법이다.

그리고 그렇게 잘라 내버린 것들도 오래도록 간직할 수 있는 방법이 있다.
잘려나간 열 다섯 장의 귀한 인도보리수나무 이파리를 활용해 할 수 있는 것들을 소개한다.

나뭇잎 접시

점토를 준비해 주세요.(하얀 점토는 말린 후 채색이 가능하다는 장점이 있고, 붉은 점토의 경우 나뭇잎 모양이 좀더 선명하게 찍힌 다는 장점이 있습니다)

Case1 –납작접시

평평하고 얇게 민 점토 위에 잎을 손으로 눌러 찍고 끝부분 만 말아 올립니다.

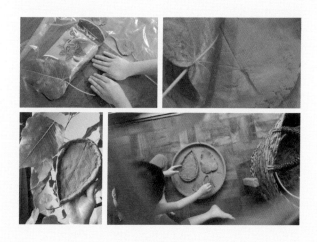

나무가 숲이 되는 것처럼: 느리지만 완벽하게

Case2 - 오목접시

밥그릇처럼 오목한 볼에 점토를 넣어 깊이감을 주고 그 위에 같은 방법으로 이파리를 찍습니다. 얇은 볼펜 등으로 잎맥을 그려 주는 것도 좋습니다.

 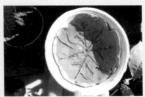

잎스켈레톤Leaf Skeleton
(잎망) 만들기

인도보리수나무의 독특한 잎 모양과 성스러운 무드 때문에 사찰에서 또는 다도할 때 차 거름망으로 사용하는 것을 본 적이 있습니다. 보통 베이킹파우더나 베이킹소다를 물에 넣어 끓인 후 겉에 붙은 초록 부분을 녹여내는 방법을 사용하는데 병으로 억지로 잘라낸 녀석들에게 화학적 재료까지 첨가하고 싶지 않아 아무것도 넣지 않은 물에 잠길 만큼 넣고 2주 정도 지켜 보았습니다.

물색이 거뭇하게 변하고 물도 걸쭉한 느낌이 들 즈음 잎을 만져보면 미끌거리고 흐물흐물해져 있을 거예요. 그 상태까지 약 2주에서 20일 정도가 걸리는데 잎만 꺼내 바닥에 두고 붓으로 초록 부분(표피, 공변세포, 기공)을 걷어 냅니다. 그리고 물에 부드럽게 헹궈 내면 됩니다. 물로 헹궈 낼 때도 잎을 손바닥 위에 놓고 흐르는 물에서 남아 있는 부분을 붓이나 칫솔로 살살 문질러 주면 깨끗하게 제거할 수 있습니다. 깨끗하게 남겨진 잎맥 부분을 건조시키면 완성!입니다. 삼베 같은 느낌이 들기도 하고, 잠자리 날개 잡았을 때 딱 그 느낌이 듭니다.

1 │ 깨끗한 물에 담궈 두고 물 색이 변하면 한 번씩 갈아 줍니다

2 │ 흐물흐물해진 잎을 바닥에 두고 붓으로 힘을 빼고 겉 초록 부분을 제거한 뒤 건조시킵니다

나무가 숲이 되는 것처럼: 느리지만 완벽하게

잎맥 하나하나가 생각보다 촘촘히 연결되어 있다는 것
에 한 번 놀라고, 생각보다 튼튼하다는 사실에 두 번 놀랐습
니다. 뜨거운 차를 부어도 끄떡 없고요. 워낙 촘촘한 잎맥이
라 찻잎도 깔끔하게 걸러집니다. 차 거름망 외에도 책갈피,
컵 받침, 액자에 끼워 인테리어 소품으로도 사용 가능합니다.

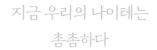

지금 우리의 나이테는
촘촘하다

나이테_{annual ring}를 보면 한 그루의 나무가 어떤 인생을 살아 왔는지를 알 수 있다.

식물들은 봄과 여름에 폭풍 성장을 하다가 가을과 겨울이 되면 그 성장 속도가 현저히 떨어진다. 특히 나무는 일 년에 나이테 하나를 만들기 때문에 그 간격과 색, 흔적을 보며 그들이 살아 온 환경과 성장을 짐작해 볼 수 있다. 병충해를 입거나 산불이나 가뭄 같은 자연 재해로 성장을 제대로 하지 못한 해가 거듭되었다면 나이테 사이의 간격은 촘촘하고 어두운 색을 띤다. 그리고 양껏 행복하게 잘 자란 해의 나이테는 넓고 색도 밝다. 그래서 사계절이 뚜렷한 곳 또는 건기와 우기가 확실한 곳에서 자란 나무들의 나이테는 계절에 따른 변화가 확실히 새겨진다. 물론 계절 변화가 거의 없는 곳이라 할지라도 크고 작은 변화는 겪기 마련이니 그 변화의 흔적은 고스란히 나이테에 남는다. 나무가 자라며 자연스럽게 만들어 지는 선, 나이테는 바로 그들 삶의 기록이다.

나는 이 점이 나무가 가진 가장 큰 매력이 아닐까 생각한다. 일 년에 한 번씩 자신의 변화를 기록할 줄 아는 능력이라니! 그래서 그런지 좁은 나이테를 가진 나무 결을 보면 좀 더 가까이 가 보게 된다. 순전히 인간 기준의 시선일 수 있지만 굴곡이 많은 나이테가 그렇지 않은 것들 보다 훨씬 아름답다. 아이가 온라인 수업을 하는 동안 옆에 앉아선 티크^{teak}로 만든 식탁 상판 나무 결을 뚫어지게 바라보고 있다. 얇고 촘촘하게 모여 있는 부분의 나이테에 손가락을 가만히 가져가본다.

'우리는 지금 여기 어디쯤에 있는 건가?'

일 년 내내 여름이지만 입춘을 맞이하여 평소 갖고 싶었던 식물, 디온 에둘레 소철^{Dioon edule}을 하나 사 보았다. 자메이카 소철과로 멕시코 동부해안 고산지(해발 1,500미터)에서 자라는 나무다. 소철은 따뜻한 남쪽 해변가에서 흔하게 볼 수 있는 나무로 우리나라 제주도에서도 볼 수 있다. 이들은 메타세콰이어, 은행나무와 함께 현존하는 가장 오래된 종자식물이기도 하다.

어린 에둘레 소철의 잎은 단단하고 야무지다. 이들을 일반 소철과 구분하는 방법은 어린 잎이 나는 모양을 보면 알 수 있다. 일반 소철의 경우 고사리처럼 잎이 돌돌 말렸다 펼쳐지지만 에둘레 소철의 경우는 줄기처럼 가늘고 긴 잎맥이 먼저 나왔다가 마치 겹쳐진 두 잎이 책 펼치듯 180도로 열린다. 일 년에 잎 하나를 겨우 낼까 말까 싶을 정도로 성장속도가 매우 느린 식물이다. 만약 내년에 어린 잎이 하나 나온다면 그날을 생일날로 정해줘도 될 것 같다. 생장이 워낙 더디어 키우는 사람마다 살아있는 건지 모르겠다고도 한다. 새 잎 쭉쭉 내며 잘 자라는 다른 식물들과 비교하면 분명 키우는 재미는 덜 할 수도 있겠지만 그 기다림도 키우는 과정이라 생각하면 이 '시간을 선물하는 나무' 만큼 근사한 반려식물이 또 있을까 싶은 생각도 든다.

천 년을 사는 소철.
다섯 살 우리 집 꼬맹이가 '시간을 선물하는 나무'에 대해 완벽히 이해했을지는 모르겠지만 시간의 흐름에 대한 이야기를 나누다 말고 이 녀석을 '자카르타Jakarta'라고 이름 짓자고 한다. 올해 이곳에 이사를 왔으니 잎 한 장, 내년엔 두 장. 그렇게 매년 소철의 잎수만큼 이곳에서의 시간도 쌓여갈 테니 이 녀석이름으로 아주 딱이다. 과연 우리는 몇 장의 잎을 더 보고 이 도

나무가 숲이 되는 것처럼: 느리지만 완벽하게

시를 떠나게 될까 문득 궁금해진다.

광고에서 모소대나무^{moso bamboo}(학명 phyllostachys pubes-cens mazel)에 관한 이야기를 본 적이 있다. 중국 극동지방에서 자라는 대나무인데 이들은 씨앗을 뿌리고 난 첫 4년간 겨우 3센티미터밖에 자라지 않는다. 그러다 5년차에 접어들면 하루 30센티씩 자라 6주 동안 무려 15미터까지 성장해 순식간에 울창한 대나무 숲을 만든다고 한다. 4년 동안 일 년에 1센티미터도 자라지 않는다는 말이다.

그 긴 기다림의 끝에 엄청난 성장을 한다는 사실을 모르는 사람들은 왜 저런 대나무를 심었냐며 농부를 한심하게 여겼을지도 모르겠다. 그렇다면 4년이란 시간 동안 도대체 이 대나무는 뭘 하는 것일까? 바로 '뿌리 내리는 일'에 온 힘을 쏟는다. 그렇게 오랜 시간 동안 단단히 내린 뿌리의 힘으로 순식간에 다른 대나무들과는 비교도 안 될 만큼 튼튼하고 굵은 대를 하늘 위로 빠르게 거침없이 쭉쭉 뻗는 것이다.

식물은 저마다의 시간을 살아간다. 아무것도 하지 않는 것처럼 보여도 누군가는 수년을 뿌리 내리는 데 집중하고, 누군가는 잎 하나 내기 위해 일 년을 같은 상태로 지내며 내실을 다

살아있는 화석!
공룡보다 선배인 식물 "소철"

소철^{Cycas revoluta Thunb}은 영어로 Sago Palm이라 부릅니다. 소철과^{Cycadaceae}의 식물은 육지가 판게아^{Pangea}라는 한 덩어리였을 때부터 존재했던 정말 살아있는 화석과도 같은 식물입니다. 흔히 쥐라기 시대라고 알려진 약 2억 년 전을 '소철의 시대'라고도 불렀습니다. 그 시대에 함께 번성했던 친구로는 은행나무가 있고요. 우리는 이들을 현존하는 가장 원시적인 종자식물이라 부릅니다.

공룡의 선배격인 이 나무는 여전히 원시적인 특징을 가지고 있습니다. 어린 새순은 태초의 식물, 고사리처럼 둥치 끝에 동그랗게 돌돌 말려 있다 펼쳐집니다. 보통 아열대 지방에서 정원수로 많이 심습니다. 소철은 생장이 대단히 느립니다. 보통 일 년에 한 번 새잎이 나는데 이때는 꼭 화분을 해가 잘 드는 곳에 두고 위치를 고정해 줘야 합니다.(화분을 해 방향으로 자꾸 돌리면 잎이 뒤틀려 튼튼하게 자랄 수 없습니다!)

소철을 키우다 보면 잎이 마르는 경우가 종종 있어요. 혹시 집에서 키우는 소철 잎 가장자리가 천천히 말라간다면 뿌리 상태를 확인해 보는 것이 좋습니다. 물빠짐이 좋은 흙에서 키워야 뿌리가 썩지 않습니다.

나무가 숲이 되는 것처럼: 느리지만 완벽하게

진다. 어떤 꽃은 잎이 나기도 전에 피었다 지고 어떤 꽃은 잎이 다 떨어지고 나서야 그제서야 봉우리를 맺는다. 식물은 그저 우리와 다른 시간대를 살고 있을 뿐 끊임없이 안과 밖으로 쉼 없이 성장하고 있다.

나의 나이테는 아이를 낳는 순간부터 4년간 매우 촘촘했고, 아이의 나이테는 4년간 내 것의 몇 십 배는 될 만큼 넓다. 그러나 알고 있다. 멈춰 있던 것 같은 엄마들의 시간이 결코 헛된 시간이 아니었음을 말이다. 이제 5년차가 되었다.

그렇다면 이제 난 모소대나무처럼 위를 향해 쭉쭉 뻗어 나갈 타이밍인가? 모든 꽃이 봄의 첫날 한꺼번에 피지 않듯 저마다의 인생에 꽃 피우는 시기도 다 다를 것이다. 매년 피는 꽃일 수도 있고 일 년에 한 번 피는 꽃일 수도 있다. 언제 끝이 날지 모를 이 역병의 시대가 모두에게 '뿌리를 단단히 다지는 시간'이 되고 있길 간절히 바라본다.

거리두기가 살린 우리의 단단한 삶

스물 세 번의 밤과 스물 네 번의 낮, 아이와 3년만에 아주 긴 여행을 마치고 돌아왔습니다.

바다를 원없이 보았고 숲길을 오래도록 걸었습니다. 여행 마지막 날, 아이와 해변을 걸으며 모래 속에 감춰진 작은 플라스틱 쓰레기들을 주워 모았습니다. 고작 삼십 분 동안 모은 쓰레기가 아이가 예쁘다고 주워 모은 조개껍질보다도 많더군요. 아이는 모래놀이를 더 하겠다고 불평하지 않았습니다. 그날 아침, "어쩜 이리 하얗고 반들반들 예쁘지?"하고 손에 올린 돌멩이가 작고 둥근 플라스틱 요거트 스푼인 걸 보았기 때문입니다.

누군가에게 보여주고 싶은 것도 아니고, 세상을 크게 바꾸

자는 큰 포부가 있어 하는 일이 아닙니다. 우리가 그토록 그리워했던 바다, 모래, 바람, 햇살, 그늘, 세상의 아름다운 것들이 그저 오래도록 그 자리에 존재하길 바라는 마음입니다.

내가 지나온 자리 하나만이라도 아주 조금 나아진다면, 그것으로 충분합니다. 그리고 저는 엄마니까요! 아이들은 부모의 뒷모습을 보고 자랄 것이고 우리는 그저 아이들이 사는 세상에 무엇이 먼저이고, 무엇이 중요한지 그 우선순위만 일러주면 그뿐. 나머진 우리 아이들이 이렇게나 척척! 씩씩하게 잘해나갈 테니까요.

저마다의 방식으로 여행을 하듯, 코로나 삼 년을 모두가 각자의 방식으로 지나왔습니다. 저도 제 부모님이 그러하셨듯 그저 제 자리에서 제가 할 수 있는 일들을 하며 보냈습니다. 사람을 좋아하는데 사람을 만날 수 없어 슬펐고, 곁에 있는 사람들의 표정 살피기를 좋아하는데 얼굴의 반을 마스크로 가리고 살아야 하는 시간들이라 사는 재미가 없었습니다.

무엇보다도 견디기 힘들었던 건 바람을 가르며 킥보드를 탈 때 아이가 어떤 표정으로 웃고 있는지, 네잎 클로버를 발견했을 때 아이의 코가 어떻게 벌름거리는지 전혀 알 수 없다는 사실이었습니다. 그럼에도 코로나에 걸린 치매 노인들을 위해 두꺼운 방호복을 입고 그들과 화투를 함께 쳐주는 의료진들이 있었고, 한 땀 한 땀 손바느질로 이웃들을 위해 마스크를 만들어 기부하는 할머니가 있었습니다. 코로나로 직장을 잃은 기초생활수급자 아버지가 딸 아이 생일에 먹고 싶어 하는 피자를 사주지 못하는 사연을 알고 무료로 피자를 보내주는 사장님도 있었고, 100세 나이에도 코로나를 이기고 완치 판정을 받은 할머니도 있었습니다. 모두 사람이 하는 일이고 사람만 할 수 있는 일이었습니다. 이 정도면 결국 우리가 이긴 거 아닌가요?

식물일기를 쓰며 생각했습니다. 이렇게 사소한 이야기도 책이 될 수 있을까? 하지만 이제는 압니다. 사소한 하루하루의 소중함, 평범한 일상이 모여 한 권의 책이 되고 나아가 삶이 된다는 사실을! 삼 년 동안 매일 아침 식물들을 바라보며 물을 주고 아이를 키우며 확신하게 되었습니다.

사랑하는 사람들을 만나 손을 잡고 얼굴을 쓰다듬는 일, 침 튀겨가며 그간의 일들을 주저리 주저리 풀어놓는 일, 하하 호호 웃고 웃으며 서로의 등을 쓰다듬고 표정을 살피는 이 사소한 순간들이 모여 삶이 된다는 사실을 말입니다. 그러니 식물을 향한 이 작고 소소한 이야기도 믿어보기로 했습니다. 나의 이야기가 곧 당신의 이야기임을 알기 때문입니다.

세 살의 아이가 여섯 살이 되는 과정은 마치 모래알 만큼 작은 씨앗을 흙에 심고 물과 햇살로 싹을 틔우는 과정과 같았습니다. 여섯 살 아이가 열두 살의 아이로 꽃을 피우고, 열두 살 아이가 스무 살이 되어 열매를 맺는 과정들을 저는 또 부지런히 쓰고 있겠습니다. 적당한 시간이 흘러, 적당한 거리에서 그 이야기들을 다시 들려 드릴 수 있었으면 좋겠네요.

기분 좋은 바람이 붑니다.
마스크를 내리고 우리 마음껏 이 햇살과 바람을 얼굴 가득 허락해 보아요.

2022년 자카르타에서
권영경 드림

식물일기

⋮

편집자 노트

올해로 편집자 일을 시작한 지 13년이 되었다. 백 권에 가까운 책을 만들었지만 한 번도 편집자 노트를 쓴 적이 없다. 지인을 저자로 만든 것도 이번《식물일기》가 처음이다. 그래서 조금이나마 이 책에 대한 특별한 애정을 표현하고 싶어서, 욕심을 내 편집자 후기를 써본다. 다정이 넘쳐서 때론 눈물이 나는, 초록에 검정 물감 두 방울을 섞은 것 같은 책을 쓴 권영경 작가를 17년 전에 휴학생 신분으로 일했던 미술관에서 처음 만났다. 우리는 지나치게 아름다운 루브르 박물관에서 온 그림들 사이에서 매일 행복하게 때론 피곤하게 젊음을 만끽했다. 그후로 각자의 자리에서 살아가다, 우연히 나는 미국으로 그녀는 인도네시아로 한국을 떠나살게 되었다. 서로의 타지 생활을 응원하며 소셜 미디어에서 소식을 공유하다가 코로나 바이러스가 세계인을 집 안에 가두어 놓는 상황이 왔다. 언젠가부터 그녀가 인스타그램에 '식물일기'를 남기기 시작했다. 편집자적 감각으로, 또 다른 에세이 저자의 질투심을 담아 나는 이 일기를 한 권의 책으로 묶고 싶어졌다. 이메일로 새로운 원고를 받을 때마다 확신했다. 애정을 가지고 바라보면 세상에 아이와 식물보다 사랑스러운 존재가 없고, 지나치게 관심을 가지거나 아예 손을 놓아버리면 그들은 어김없이 시들어 버린다는 걸 말이다. 이제야 집에서 적당히 거리를 유지하며 풍성하게 자라나는 식물과 아이 이야기를 세상에 내놓게 되었다.

우리가 어릴 때 정원 일은 중년 여성이나 나이 든 노 신사의 소일거리로 취급받았는데 이제는 당당히 밀레니얼 세대가 아끼는 트렌드가 되어 지금 이 순간에도 '식물 집사, 반려 식물' 관련 게시물이 쏟아져나오고 있다. 이 책은 꾸준하고 지속적인 관심이 필요한 육아와 식물 키우기가 얼마나 닮아있는지 알려주고, 나아가 무언가를 키우면서 자기를 돌아보고 함께 성장하는 기쁨을 누리게 도와준다. 그녀가 쉽고 재미있게 전달해주는 식물 키우기 팁들을 따라 비가 오는 날이면, 식물에게 보약이라는 수고롭게 빗물을 받아다가 용케 살아남은 나의 가여운 식물들에게 비오듯이 졸졸 따라준다. 그들이 보글보글 물 먹는 소리가 사랑스럽게 들리는 걸 보니, 나도 곧 그린핑거로 거듭

날 수 있을 것만 같다. 더불어 아이와 산책을 자주 즐기는 너그러운 엄마도 될 수 있을 것이다.

이 책을 읽기 전엔 식물에게도
환기가 필요하다는 것을 몰랐던 식물 킬러
조안나 드림

식물일기

적당히 거리를 둔 만큼 자라는 식물과 아이 키우기

초판 1쇄 인쇄 2022년 11월 25일
초판 1쇄 발행 2022년 11월 30일

글 권영경
펴낸이 최정이
디자인 MALLYBOOK 최윤선, 정효진

펴낸곳 지금이책
주소 경기도 고양시 일산서구 킨텍스로 410
전화 070-8229-3755
팩스 0303-3130-3753
이메일 now_book@naver.com
블로그 blog.naver.com / now_book
인스타그램 nowbooks_pub
등록 제2015-000174호

ISBN 979-11-88554-63-8 (03810)